추억,
빛으로 물들다

권예자 수필집

추억, 빛으로 물들다

초판 1쇄 인쇄일 2022년 08월 10일
초판 1쇄 발행일 2022년 08월 19일

지은이 권예자
펴낸이 양옥매
디자인 표지혜
교 정 조준경

펴낸곳 도서출판 책과나무
출판등록 제2012-000376
주소 서울특별시 마포구 방울내로 79 이노빌딩 302호
대표전화 02.372.1537 **팩스** 02.372.1538
이메일 booknamu2007@naver.com
홈페이지 www.booknamu.com
ISBN 979-11-6752-184-2 (03810)

* 이 사업은 대전광역시, (재)대전문화재단에서 사업비 일부를 지원 받았습니다.

권예자 수필집

추억, 빛으로 물들다

책과나무

작가의 말

“옛날로 돌아가 다시 살아 보고 싶지 않으세요?”
누군가 물을 때면 내 대답은 한결같다.
“아니요. 저는 지금이 제일 좋은걸요.”

어떻게 견디며 살았느냐고
주변 모두가 안타까워할 때도
정작 나는 슬프거나 아프지 않았다
이상하게도 정말 신기하게도
나를 일으켜 세우는 손길이 늘 곁에 있었다.

하느님은 모든 사람에게 천사를 보내지 못해
‘어머니’를 주셨다는데,
내게는 어머니를 일찍 데려가신 대신
많은 천사를 보내 주신 것 같다.

해서 나의 시간은 늘 최선이었고 모든 날이 좋았다.

간간이 고통이 발목을 잡을 때마다
약속처럼 즐거움도 뒤따라왔고
나보다 더 힘든 사람들이 내게 다가왔다
그들과 마음을 나누다 보면
나의 아픔은 흔적 없이 사라지곤 했다.

돌아보면 지나온 매 순간순간이
맑고 고운 빛으로 반짝이는 것을 느낀다.
그것은,
나를 둘러싼 인연들이 내게 준 위로의 빛이고
내가 설레며 받아 안은 그들 사랑의 빛이다.

어제도 감사하였고
오늘도 감사하며
내일도 감사해야 할

사랑하는 우리 가족과

내 삶 이곳저곳에 무지개로 자리한

천사 같은 사람들 앞에

빛으로 물든 추억 한 다발을

가만히 펼쳐 놓는다.

2022년 여름, 불꽃 같은 날

봄비, 권예자

목차

2부 ✳ 진달랫빛으로 설레다

3부 ✳ 추억은 늙지 않는다

4부 ✳ 꽃들과 눈을 맞추다

5부 ✳ 멈추지 않는 시간

1부

오늘의 파트너

때로는 내가 선택한 그 사람이 나에게 등을 돌릴 수도 있고, 내가 싫증이 나서 그를 떠날 수도 있지만, 이 모든 선택에 대하여 나는 스스로 책임을 져야 한다. 낡음과 늙음 사이를 잘 조절하면서.

오늘의 파트너

옷을 고른다. 저녁 모임에 가야 하는데 마땅한 옷이 눈에 띄지 않는다. 옷장의 옷들은 종류도 모양도 다양하다. 입고 나서면 마음에 쏙 들 만한 것도 없으면서 옷장은 늘 빽빽하고 답답하다. 환하게 입고 스스로 행복했던 연초록 바바리코트는 아직 새침하고, 지인의 장례식에서 입었던 검은 투피스는 눈물이 채 마르지 않았다. 신축성 없고 뻣뻣한 청바지는 지금도 거만하다.

저를 뽑아 달라고 앞에서 알찐거리는 옷이 있는가 하면, 수줍은 듯 몸을 빼고 뒤쪽으로 숨어드는 보드라운 것도 있다. 내 체형과 옷의 디자인, 유행이 달라져 어떤 것은 헐렁한 반면 다른 것은 몸에 꽉 끼어 호흡 조절이 어렵다.

이 여러 가지 옷 중에서 한 벌의 옷을 선택해 입었을 때, 그 옷은 이미 옷 자체의 존재는 잃어버린다. 옷은 나의 일부이면서 아무개라는 나 자신 속에 흡수되어 버리기 때문이다. 벗어 놓으면 너이면서 입고 있으면 나 자신이 되는 옷들은, 대인 관계에서의 내 위치에 따라 당당해지기도 하고 비굴해지기도 한다. 내 몸에 입혀지는 순간 그는 곧 내가 되는 것이므로.

집에서는 활동하기 편한 옷을 선호한다. 그러나 외출을 하려면 옷장 앞에서 적지 않은 시간을 보내곤 한다. 계절과 가는 장소를 우선하여 염두에 두지만, 그에 합당한 옷이 모두 마음에 드는 것은 아니다. 같은 옷임에도 어느 날은 괜찮아 보이고 다른 날은 마땅치 않아 보이는 것은 아마도 내 기분 탓일 것이다.

의식주는 인간이 살아가는 데 꼭 필요한 것이다. 머물 곳과 음식도 그렇지만 생활 형편이 좋아질수록 옷에 대한 관심과 비중은 높아진다. 옷은 신체 일부를 가려 주고, 다른 것들로부터 나를 보호하며, 체온을 유지하는 일을 한다.

그런 기본적인 것 외에 타인에게 자신을 표현하고 인식시키는 역할도 담당한다. 어떤 조직, 행사 등에 적당한 옷을 입는 일은 쉽고도 어렵다. 결혼식장에 우울한 차림으로 나가도 어색하고, 장례식에 붉은 투피스를 입는 것도 통상적으로 실례에 속

한다.

문단에 들어와 십 년이 채 안 될 무렵, 시를 지도하시던 교수님께서 돌아가셨다. 나는 붉은 티셔츠 위에 진갈색 재킷을 걸치고 장례식에 참석했다. 나름으로는 아직 젊으신 연세에 생의 마침표를 찍으신 스승님과의 작별이 서러워서 붉은 꼬리로 쉼표를 찍어 드린다는 의도였다. 하지만 그날 모든 행사가 끝날 때까지 나는 민망해서 절절매었다.

예전에는 공직자의 옷이 검정, 밤색, 회색, 흰색 등으로 정해져 있다시피 했다. 이십 대 후반의 내가 붉은빛이 감도는 자줏빛 구두를 신었다고 사유서를 냈을 정도로 그것은 단호했다. 지금은 그런 것이 거의 없어졌지만 아직도 머리를 붉거나 노란색으로 물들이고 짙은 립스틱을 바른 공직자는 드물다.

전쟁이 휩쓸고 간 어린 시절엔 먹을 것은 물론 옷도 귀했다. 그나마 쓸 만한 옷들은 전쟁 통에 입에 풀칠하려고 하나하나 식량과 바꾸어 먹었으니, 옷다운 옷이 남아 있을 리가 없었다. 나들이옷이라고는 아버지와 고모부의 양복 한 벌씩과 할머니가 여러 번 들고 나갔다가도 못 팔고 돌아온 두루마기가 전부였다. 유교 사상에 철저하셨던 어른들께서는 제사 때에 제주가 두루마기를 입지 않는 것은 예의를 모르는 짓이라고 생각하셔서 차마 팔지 못하신 것이다.

그런 처지이니 우리 집 양복 두 벌과 두루마기는 동네 아저씨들의 공용이기도 했다. 누구나 중요한 일로 외출을 하게 되면 양복을 빌리러 왔고, 제삿날에는 두루마기를 빌려 갔다. 우리 집에서도 당연히 빌려주어야 하는 것으로 알아서 어느 집의 제삿날이나 중요한 일이 있으면 미안해서 못 올까 봐 미리 가져다 드린 적도 있다.

그 무렵에는 옷이나 구두가 조금 작거나 큰 것은 문제도 되지 않았다. 여자들의 외출복도 필요에 따라 돌려 가며 입었다. 바느질 솜씨가 좋아서 치마저고리를 살짝 줄여서 입는 것은 일도 아니었다. 그러니 옷 고르기에 시간을 낭비하는 일은 거의 없었다.

당시와 비교하면 지금은 옷이 많아서 고르기가 편할 것 같은데 아이러니하게도 쉽던 일이 더 어려워지고 말았다. 옷과 옷 사이에 유행이란 놈이 끼어들어 때론 멀쩡한 옷을 밀쳐놓기도 한다. 게다가 옷은 십 년이 지났어도 별로 변하지 않았는데, 나는 모습이 달라져서 그 옷이 어울리지 않는 것을 느낄 때도 많다.

어찌 되었건 오늘 내가 골라 입은 옷은 결국 나 자신이 된다.

다른 이들이 어울리지 않는다고 비웃으며 한숨을 쉬어도, 나는 그가 아니고 그가 나도 아니다. 선택된 옷에 대하여는, 일과가 끝날 때까지 기쁘게 동행하는 것이 옷에도 나에게도 좋은 일이다. 시간이 지날수록 옷은 낡아 가고 나는 늙어 가지만 우리는 늘 좋은 파트너니까.

세상을 사는 일도 옷 고르기와 다르지 않다. 수많은 사람 중에서 나와 손을 잡거나 마음을 나누는 사람은 별로 없다. 그렇다고 손잡지 않은 다른 사람들이 무조건 싫은 것은 아니다. 때로는 내가 선택한 그 사람이 나에게 등을 돌릴 수도 있고, 내가 싫증이 나서 그를 떠날 수도 있지만, 이 모든 선택에 대하여 나는 스스로 책임을 져야 한다. 낡음과 늙음 사이를 잘 조절하면서. (2017)

착한 거짓말

기다려도 버스는 오지 않는다. 기억에서 사라져 가는 옛집과 가족이 그리워 요양원을 몰래 빠져나온 환자들이 벤치에서 버스를 기다린다. 그렇게 얼마의 시간이 지나고 자신이 왜 그곳에 앉아 있는지를 잊어버릴 즈음, 다정한 말 한마디가 노인의 마음을 다독인다. "할머니, 버스가 많이 늦네요. 저하고 커피 한 잔하실래요?" 그녀의 착한 거짓말에 속아 환자는 다시 요양병원으로 돌아간다.

독일의 뒤셀도르프 지역, 노인요양시설 근처에 설치된 가짜 버스정류장 이야기다. 치매를 앓는 사람들은 어딘가로 떠나고 싶은 욕구가 많단다. 더구나 같은 곳에 오랫동안 갇혀 사는 환자의 경우에는 그것이 더욱 심하여, 틈만 나면 거처를 빠져나와

실종되기 예사여서 생각 끝에 운영한 것이 가짜 버스정류장이란다.

별 효과가 없을 듯하지만, 이 가짜 버스정류장 덕분에 실제로 치매 노인들이 길을 잃어버리는 일이 급격히 줄었고, 요양시설의 직원과 경찰들의 수고도 많이 줄었다고 한다. 해서 얼마 전부터 유럽의 다른 나라에도 생겨나고 있단다.

오지 않는 버스를 기다리는 짧은 시간 동안, 노인은 집으로 돌아가 가족을 만난다는 생각에 위안을 느낄지도 모른다. 어쩌면 희미하던 가족의 얼굴도 떠올랐을 것이다. 비록 잠시 후에는 자신이 그곳에 앉아 있는 이유조차 잊어버리고 말지라도….

고모의 시어머님께서 치매를 앓으셨다. 나는 고모에게서 자랐기 때문에 사부인의 그런 모습을 지켜봐야 했다. 어른이 치매로 고생하는 3년여 동안 여러모로 안타까웠다. 회갑을 갓 넘긴 어느 날 외출하셨다가 집과는 다른 엉뚱한 곳에서 발견되신 것이 시작이었다. 그 후로 자꾸 집을 나가서 길을 잃으니 가족 중 누군가는 꼭 곁에 붙어 있어야만 했다.

더욱 힘든 것은 반년도 안 되어 대소변을 가리지 못하는 것은 물론 사람도 알아보지 못하신 것이다. 유일하게 알아보는 것은 내 고모인 큰며느리뿐이었고, 아들도 몰라보고 너희 집에 가라면서 발로 걷어차곤 하셨다. 가장 어려운 일은 생리의 뒤처리와 외출을 못 하게 막는 일이었는데 가족이 적어서 그것이 쉽지 않았다.

지금처럼 일회용 기저귀가 있는 것도 아니었고 그에 관련된 병원도 없었던 때다. 무명천도 귀하던 시절에 헌 광목으로 두툼한 기저귀를 여러 개 만들어 두세 겹으로 채워 드리고 삶아 빨곤 했다. 그게 보통 일이 아니었다. 사부인의 배설물을 처리할 때면 우리는 코를 막고 돌아섰고, 고모는 '억, 억!' 구역질을 하면서 갈아 드렸다.

자꾸 배가 고프다고 식사를 남보다 많이 하시니 배설물도 엄청 많았다. 그때마다 고모는 그 기저귀들을 가지고 근처 대동천에 가서 깨끗이 빨아 양은 대야에 삶고는 하셨다. 냄새도 지독하지만, 겨울에는 얼음을 깨고 빨래를 했으니 고생이 이만저만이 아니었다. 고무장갑도 없던 맨손이었다.

냇물은 쉽게 얼었지만, 그 아래 흐르는 물은 오물을 실어 나를 정도는 되었다. 나중에는 이웃이 일러 준 대로 소주를 마시고 하셨다. 소주 한 잔에 얼큰히 취해서 역한 냄새도 잊고, 추위도 다스리며 정신없이 기저귀 빨래를 하신 것이다.

밤에는 가족이 잠든 사이에 밖으로 나가실까 봐 7m 길이의 끈으로 어른과 며느리의 손목을 연결하고 잤다. 어른께서는 밤에도 그 끈을 끌며 아래 윗방을 돌아다녔는데, 잠결에 뼈만 남은 차디찬 손이 내 얼굴을 더듬다가 빨리 일어나라며 뺨을 때리던 기억에는 지금도 소름이 돋는다.

그런 어른이 자주 하는 일은 당신이 믿는 신에게 중얼중얼 기도하는 것이었다. 어른이 첫 구절을 시작하면 사촌 동생과 나는 무슨 뜻인지도 모르고 장난스럽게 다음 구절을 같이 읊으며 두 손을 모은 채 뒤를 따라다니곤 했다. 동네 아이들도 우리 뒤를 따랐다. 지금 생각하면 철없고 죄송하기 그지없는 일이다.

비나이다. 비나이다. 신령님께 비나이다.
천지신명 일월성신 하위[合意] 동심(同心) 하옵시며
화해(和解) 동심(同心) 하시옵고,
징용 간 우리 아들
무탈하게 도우소서. 무탈하게 보내소서.

징용으로 작은아들을 빼앗기고 얼마나 노심초사하셨으면 병환으로 큰아들조차 알아보지 못하는 상태에서도, 오래된 기원이 레코드판처럼 토씨 하나 틀리지 않았다. 이처럼 지극한 어머니의 기원도 헛되어, 작은아들은 끝내 돌아오지 못하였다. 어른께서도 발병한 지 4년 만에 먼 길을 떠나셨다. 눈을 감으시던 날 저녁, 마지막 기저귀를 빼내고 몸을 닦아 드리면서 고모는 울고 또 우시다가 혼절하셨다.

당시 고모 내외분은 여러 번 효자, 효부상도 받았지만, 고모는 그때부터 어려운 일이 생기면 소주를 마시고 우는 습관이 생겼다. 그리고 말씀하셨다. 이건 우리 시어머님이 가르쳐 주신 것이라고.

시어머니가 막무가내로 밖으로 나서려 할 때면 고모는, "어머니, 지금 도련님이 기차 타고 집에 오신대요. 단장하고 기다리셔야죠." 하며 머리를 빗겨 드리곤 했다.

가짜 버스정류장에서 노선 없는 버스를 기다리는 환자나, 돌아오지 못할 아들의 기억을 놓지 못하는 노인들, 그런 어른들께 우리가 해 드려야 할 일은 어쩌면 착한 거짓말뿐인지도 모른다. 누구에게도 상처를 주지 않을…. (2017)

비련,
그리고 천상재회

토요일 오후, 습관적으로 TV를 켜니 KBS2에서 〈불후의 명곡〉이 시작되고 있다. 종종 보는 왕중왕전이다. 출연 가수 중에는 내가 좋아하는 트바로티[1] 김호중도 있다. 어려운 환경 속에서 질풍노도의 사춘기를 보내며 방황하던 때, 좋은 스승을 만나 성악가의 길을 걷게 된 그의 이야기는 영화 〈파파로티〉에 잘 소개되어 있다.

그런 그가 생뚱맞게 트로트 경연에 참여했다. 왠지 마음이 짠했다. 어렵게 성악가의 길을 갔으면 그쪽에 충실하지 왜 대중가요 쪽을 기웃거리는지 안타까운 생각도 들었다. 그는 말했

---

1 트로트와 성악가 파바로티를 합성한 말로, 팬들이 붙여 준 김호중의 별명.

다. 성악이 싫어서가 아니고, 장르와 관계없이 그저 '노래 부르는 사람'으로 불리고 싶어 도전했다고.

나는 평소 트로트를 좋아하는 편은 아니었다. 그래도 우리에게 가장 친근한 대중가요이므로 정통 트로트를 비롯하여 발라드 트로트, 록 트로트, 팝 트로트 등 여러 종류의 트로트를 들어왔다. 그러나 클래식 트로트는 아직 들어 본 적이 없어 궁금했다. 성악가가 부르는 트로트는 어떤 매력이 있을까? 어쩌면 새로운 트로트를 듣게 될지도 모른다는 생각으로 그를 응원했다.

그의 목소리는 둥글고 맑고 깨끗하며 윤기가 흘렀다. 고음도 시원하게 쭉쭉 뻗어 가슴에 쌓인 스트레스를 날려 버리는 듯한 시원함이 있었다. 귀하고 품격 있는 음성이었다. 물론 트로트 가수로 오랫동안 활동해 온 사람들과의 경쟁이라 불리한 면은 있었지만, 무난히 4위에 안착해 트로트 가수로 활동하게 되었다. 그는 경연 당시보다 끝나고 나서 더 큰 인기를 끌고 있다. 여러 방송 프로그램에서 색다른 장르의 음악도 완벽하게 소화하므로 그의 팬이 계속 늘어나는 중이다.

그가 오늘 부를 노래는 조용필의 〈비련〉으로 노래깨나 부른다는 가수들이 한 번쯤은 도전해 보는 품격 있는 노래다. 푸른 바다와 나무를 배경으로 노래가 시작되었다.

기도하는 사랑의 손길로 떨리는 그대를 안고

포옹하는 가슴과 가슴이 전하는 사랑의 손길…

어쩌면 저렇게 서정적인 목소리로 노래를 시작할까? 마치 작은 물결이 모래톱을 어루만지듯 간절한 도입부에 숨도 크게 쉬지 못하고 귀를 기울였다. 심장을 쓰다듬듯 속삭이던 목소리가 어느새 하늘에 닿을 듯 높아지더니, 청중의 머리 위로 소낙비처럼 쏟아진다. 타고난 풍부하고 웅장한 성량에 압도된 채 노래가 끝났다. 노래는 그가 부르는데 내 몸에 땀이 솟고 혈관에 전율이 인다. 내가 어디에 있는지 모르는 채 소파에서 벌떡 일어서며 손뼉을 쳤다. 감동이었다.

예전에 조용필이 부르는 것을 들었을 때도 감동이 쉽게 가시지 않았는데, 오늘도 마찬가지다. 가요계에 입문한 지 겨우 6개월인 새내기가 〈비련〉을 저렇게 소화하다니 참 대단하다는 생각이 들었다.

1982년에 발매된 조용필의 4집 앨범에 수록된 〈비련〉에는 감동적인 일화가 전해진다. 당시 조용필의 매니저였던 최동규 씨의 인터뷰에 의하면, 그가 앨범을 발매하고 한창 바쁘게 활동

할 때, 어느 요양병원 원장에게서 전화가 걸려 왔단다. 내용인즉, 자신의 병원에 입원해 있는 14세의 지체 장애아가, 조용필의 〈비련〉을 듣더니 눈물을 주르르 흘렸다는 것이다. 입원 8년 만에 처음으로 자신의 감정을 나타낸 것이다.

소녀의 부모는 돈은 원하는 만큼 드릴 테니, 가수께서 직접 소녀에게 그 노래를 불러 줄 수 없겠느냐며, 안 되면 와서 얼굴이라도 보여 주면 고맙겠다는 이야기였다. 당시 조용필의 인기가 대단해서 그가 카바레서 노래 한 곡을 부르면 요즘 돈으로 3~4천만 원 정도를 받을 때였는데, 가수에게 그 얘길 했더니 그는 피우던 담배를 툭 끄고는 지금 바로 병원으로 출발하자고 하더란다. 그날 4개나 되는 행사를 모두 취소하여 위약금을 물어주고 시골 병원으로 갔다고 한다.

그는 병원에 도착하자마자 사연 속의 소녀를 찾았다. 그때도 소녀는 아무 표정도 없이 멍한 상태로 있었다. 그런데 조용필이 아이의 손을 잡고 노래를 부르자 잠시 전까지 무표정하던 소녀가 펑펑 울기 시작하더란다. 기적이었다. 그것을 본 소녀의 부모는 물론 주위에 있던 사람들도 함께 울었다고 한다.

우리는 조용필을 가왕이라고 부른다. 그는 1979년 데뷔 이후 현재까지 19개의 국내 앨범과 일본 싱글 18개를 발매했고,

수많은 히트곡이 있는 우리나라 대표 가수다. 진정성 있는 목소리와 저렇게 멋진 행동이 있어 그가 지금까지도 가왕으로 불리는 모양이다.

최근에는 김호중이 부른 〈천상재회〉를 듣고 우울증이 치료되었다는 기사를 여러 곳에서 보았다. 심지어 대구에 사는 68세의 부인은 불치 판정을 받은 '만성염증성 탈수초성 다발성 신경병증(CIDP)'으로 몸이 마비되어 간병인의 부축 없이는 거동을 못 했는데, 그의 노래를 매일 들으면서 가벼운 일상생활을 할 수 있게 되었다는 울음 섞인 전화 제보를 했다.

좋은 음악에는 과학으로 설명하기 어려운 치료의 기적이 있는 모양이다. 남보다 힘든 여정을 통해 새로운 길을 걷는 저 젊은 가수도, 훗날 조용필처럼 존경받는 가왕, 더 나아가 세계적인 성악가로 우뚝 서기를 바라는 마음이다.

그날 조용필이 소녀를 안아 주고 사인 CD를 주고서 차에 타려는데 아이의 어머니가 달려 나오며, 돈은 어디로 보내면 되는지, 얼마를 보내야 하는지 물었다. 그러자 조용필은 이런 말을 남기고 그곳을 떠났다고 한다.

'따님의 눈물이 제가 평생 벌었던 또 앞으로 벌게 될 돈보다 더 비싸니다.' (2020)

2020년
슈퍼스타의 편지

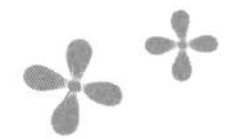

세상에…. 참 오래 살고 볼 일이야. 이 커다란 무대에서 보잘것없는 엑스트라였던 내가 불과 몇 달 사이에 최고의 주연배우가 되다니. 어느 날 눈을 떠 보니 내가 슈퍼스타가 되어 있더라고. 사람들은 계속 내 이름을 불러. 내가 없으면 아무것도 할 수 없다나 뭐라나. 이렇게 성공하기까지 무슨 노력을 얼마나 했느냐고? 아니, 나는 아무런 노력도 하지 않고 조용히 출연을 기다리고 있었지.

언제나 그랬듯이 머리가 좋고 욕심 많은 인간들이 조금 더 오래, 더 편하게 살려고 별별 이상한 짓을 다 하는 바람에 지구가 오염되어 이런 일이 일어난 거래. 나는 그저 구경만 하다가 얼결에 스타 반열에 올라 버린 거지, 뭐.

요즘은 우리나라는 물론이고 세계적으로도 내 인기가 하늘을 찌르고 있어. 불가능하다고 여겼던 빌보드차트 1위를 기록한 방탄소년단은 물론, 요즘 TV를 켜면 종일 노래 불러 주는 〈미스터 트로트〉 TOP 7도 아마 나 같은 인기는 못 누리고 있을 거야. 그들 인기가 아무리 절정이라도 늘 함께 다닐 수는 없고, 어디서나 얼굴을 내밀 수는 없거든.

그동안 나는 주로 허약한 사람들과 가까웠어. 몸이 아프거나 추위를 많이 타는 사람과 친했고, 최근 몇 년은 봄이 올 무렵 중국에서 불어오는 붉은 바람이나 오염된 공기에 노출되지 않으려고 나를 찾는 사람들이 있었지만 그다지 인기가 높지는 않았어. 그런데 올 초봄부터 '코로나19'라는 낯선 바이러스가 내 손을 잡아서 가장 높은 자리에 세워 준 거야. 제 갈 길에 방해가 된다는 것도 모르고.

요즘의 내 인기는 가히 폭발적이야. 심지어 나를 몰래 빼돌리려다 공항에서 제동이 걸리기도 하고, 계약금을 받고 주문생산해서는 다른 곳에 납품해서 상도의를 어겼다고 손가락질을 받는 사람도 있더라고. 도대체 내 인기의 끝은 어디까지인지 알 수가 없네.

일반인은 물론이고 그 나라에서 힘이 가장 세기로 유명한 장관이나 대통령도 나와 함께하지 않으면 아무 데도 못 가고 버스도 탈 수 없어. 극장도 회의실도 작은 가게에서도 입장이 거절되고 말지. 쉽게 말해서 아무리 지위가 높고 돈이 많은 사람이라도 나 없이는 아무 일도 할 수 없다는 거야. 이만하면 내 인기, 아니 내 위력이 정말 대단하지 않아? 실은 나 자신도 자다가도 깜짝 놀라 깰 지경이야. 어쩌다 이런 기막힌 행운이 내게 온 건지.

본래의 내 모습은 사각형으로 아주 평범했고 흰색이 대부분인 가운데 검은색이 더러 있었어. 그런데 요즘은 볼륨을 약간 살린 입체형이 많고, 알록달록 예쁜 무늬에 망사나 비단까지 재질도 다양해서 기분이 좋아. 인기가 높아졌으니 외모도 멋지게 가꿔야 하는 건 당연한 거지.

우리 종족은 천차만별이야, 나처럼 사람과 사물 사이를 차단하는 단순한 목적을 가진 부족이 있는가 하면, 얼굴 형상으로 만들어 변장이나 방호를 위해 사용되는 부족도 있지. 서양에서는 '가면무도회'서 우리를 당연하게 불러들였고, 우리나라에서도 하회탈이라는 이름으로 서민들의 인기를 독차지하기도 했었지. 때론 백성들이 악덕한 관리를 골탕 먹일 때 얼굴을 숨기려고 검은색 역삼각형의 형태를 취하기도 했었지.

연구원들은 우리가 태어난 이유를 주술적, 종교적, 예술적 목적 때문이었을 거라고 말해 왔어. 목재나 금속, 가죽, 찰흙, 종이 등으로 만들어, 깃털이나 산호로 장식하기도 했지. 어떨 땐 맹수의 머리 모양을 하기도 했는데 그건 아마 사회적인 지위를 내세우기 위해서였을 거야. 그중에는 투탕카멘왕의 황금마스크나 영화 〈아이언 마스크〉에 나오는 것처럼 혼자서는 쓰거나 벗지 못하는 특별한 마스크도 있었지.

하지만, 지금 우리의 인기가 높은 것은 질병 예방의 목적이 가장 큰 것 같아. 내 몸은 대부분 천으로 되어 있고, 혼자 쓰고 벗기도 아주 편해. 특히 우리 부족의 가훈은 '사람과 사람 사이를 잘 차단하자'로 다른 종족들과는 많이 달라.

이쯤 되면 내가 누군지 짐작이 가겠지? 내 이름은 '항균 마스크'야. 앞에서 이야기한 멋진 마스크와는 좀 다르지만, 그들과 우리는 '마스크(mask)'로 불리는 같은 종족임이 틀림없어. 그런데 저들 중 누구도 요즘의 나처럼 인기 절정이었던 이는 없었어. 그러니까 가장 보잘것없던 내가 가장 높은 자리에서 가장 어려운 일을 해내고 있는 거야. 정말 대단하지 않아? 2020년을 빛낸 슈퍼스타 항균 마스크!

잠깐, 내 주인의 손전화에 문자가 들어오네.

'안전 안내 문자: [중대본] 감염 확산 방지를 위해 참여와 실천이 중요합니다. 대면, 소모임, 단체 식사 금지, 모든 종교 행사 시 방역 수칙을 준수해 주십시오. 마스크 착용은 필수입니다.'

아이고, 이놈의 인기는 언제 끝나나? 반년이 훌쩍 넘도록 밤낮없이 높은 인기에 휘둘리다 보니, 나도 너무 지치고 피곤해. 이젠 나 좀 쉬게 해 주면 고맙겠어. 제발, 제발 부탁이야. (2020)

흙수저
군자란

군자란이 피었다. 꽃대를 쑥 올리고 나팔 모양의 작은 꽃 서른 개가 산형꽃차례로 보름달처럼 환하게 피었다. 큰 꽃 한 덩이가 베란다에 주홍으로 일렁이니 이제 겨울옷은 벗어도 괜찮을 것 같다.

매년 봄이면 약속이나 한 듯 탐스럽고 의젓하게 피는 군자란을 보면 나는 슬그머니 부끄러워지곤 했다. 기후나 계절에 대해 공부한 적도 없는 군자란도 피어야 할 시기에 꽃을 피워 주변을 환하게 밝히는데, 나는 몇십 년을 해 온 집안 행사도 기억을 못 해 건너뛰는 일이 종종 있으니 말이다.

오늘 아침. 군자란 화분에 물을 주다 새로운 주홍빛에 눈이 머물렀다. 어미 곁에 붙어 자란 새끼에서도 주홍 꽃송이가 삐

죽이 고개를 내민 것이다. 덩치가 비슷한 두 그루가 붙어살고 있으니 영양을 큰 쪽에 다 빼앗겼는지, 꽃대도 올리지 못하고 바닥에 엎드리듯 붙어 애면글면 꽃을 피운 것이다. 두 송이는 주홍 입술을 열고 막 피어나는 중이고, 두 송이는 아직 작은 봉오리인 채다. 신기했다.

오래 키운 군자란이 옆에 자꾸 싹을 틔우기에 여러 사람에게 나누어 주었다. 그런데도 해마다 새싹이 나니 번거로워 큰 화분에 옮겨 심고 그냥 두었더니 올해 작은 것이 첫 꽃을 피운 것이다. 예뻤다. 산형꽃차례를 이루지도 못한 것이 안타깝지만, 그 나름으로는 최선을 다한 것 같아 기특하다.

군자란은 삼십 년 이상 장수하는 식물이다. 발아하여 삼 년은 지나야 꽃이 피지만, 한번 꽃을 피운 것은 해마다 꽃을 피운다. 남아프리카 희망봉 지역이 원산지며 꽃말은 고귀함이란다. 이름은 아프리카의 지혜롭고 용맹하며 부족을 잘 다스리던 추장의 무덤에 핀 꽃에서 유래되었다고 한다.

그들은 그 추장을 군자로 여긴 모양이다. 그런데 군자라는 이름의 꽃이면서도 혼자 영양을 독차지한 꽃과 다 빼앗기고 간신히 피어난 꽃의 차이가 나를 아프게 한다. 마음 한쪽으로 짜르르 통증이 지나간다. 사람으로 치면 금수저를 물고 태어났느냐, 흙수저를 물고 태어났느냐의 차이가 이럴 것 같아서다.

좋은 환경에 태어나 자랄 때 경제적인 부족함 없이 원하는 것을 다하는 금수저 그룹이 있는가 하면, 집안이 빈곤해서 먹을 것도 제대로 못 먹고 중학교 무상의무교육 기간이 끝나면 곧장 직업을 가져야 하는 흙수저 그룹이 있다.

더 나아가 대학을 마치고 나면 금수저 그룹은 대기업 주주의 일원으로 자기 회사에 취직도 잘하지만, 흙수저 그룹은 남보다 많이 뛰어나지 않으면 대기업 문턱을 넘기는 상당히 어렵다. 일찍 사업을 시작한다 해도 경제적인 밑받침이 없으니 성공하기가 하늘의 별 따기다. 구멍가게를 차려도 대형 마트에 밀려 개업과 폐업을 반복한다.

물론 다 그런 것은 아니다. 좋은 환경에서도 자신이 발을 잘못 디뎌 나락에 떨어지는 이도 있고, 어려운 환경에 태어나도 끈질긴 노력과 반짝이는 아이디어로 성공하는 사람도 있다. 하지만 이 사회에서 그것이 얼마나 어려운 일인지 우리는 알고 있다.

예전에는 '개천에서 용 났다'는 말을 자주 들었지만 지금은 '개천에서는 미꾸라지도 안 난다'는 말이 성행한다. 그만큼 가진 것 없이 성공하기는 어렵다는 말이다. 돈이 있으면 추녀도

온몸을 성형해서 천하일색을 만들어, 좋은 집안을 골라 시집을 보내기도 한다. 가서 잘 살고 못살고는 다음의 일이지만 흙수저 처지에서 보면 그것도 부러운 일이다.

그저 제가 머문 환경에서 나름대로 최선을 다하여 꽃을 피운 군자란 두 그루를 보면서 내가 참 별생각을 다 한다. 작은 꽃들이 불평이나 원망을 한 것도 아닌데 이렇게 예민한 반응을 보이는 것은 내 태생이 흙수저라 그런지 모르겠다.

다시 군자란을 본다. 비록 큰 나무에 치였을지언정 힘을 다하여 꽃을 밀어 올린 정성이 장하여 손뼉이라도 쳐 주고 싶다. 주홍빛 사랑 몇 송이가 군자란 발밑에 떨어진 것 같은 느낌이다. 환한 내일을 기다리며.

사진을 찍어 친구들께 보냈다. 큰 꽃은 어디서나 보는 것이니 곱기만 하고, 작은 꽃이 더 사랑스럽고 독특하다는 답신이 왔다. 그들도 작은 꽃의 고달픔이 보여서 그런 답신을 보낸 것 같다.

당당하고 화려한 꽃과 그 발아래서 간신히 고개를 든 저 모습도 그런대로 조화롭기는 하다. 어찌 보면 예술적이다. 하지만 저 꽃들이 지고 나면 예쁜 화분을 사서 나누어 심고, 내년을 기다려야겠다. (2017)

눈 빼는 남자와 꼬리 떼는 여자

그 남자와 그 여자는 서로 다르다.

둘이서만 사는 집에 꼬들꼬들 구운 조기 새끼 두 마리가 아침 밥상에 올랐다. 남자는 누가 뺏어 가기라도 하는 것처럼 얼른 눈알을 빼서 입에 쏙 넣는다. “아이, 징그러워. 앞 못 보는 게 얼마나 답답한데 눈 먼저 빼요?” 여자가 들릴 듯 말 듯 말하며 꼬리를 잘라 바사삭한 식감을 즐긴다. “쳇, 눈 뻔히 뜨고 꼬리 없어서 제 맘대로 움직이지 못하는 것이 더 가엾지.” 남자가 질세라 맞받아친다.

바닷가에서 자란 남자와 도시에서 자란 여자는 별것도 아닌 식탁 위 생선 때문에 오늘도 티격태격이다. 오래 한집에 살았으니 식성이 비슷해질 듯도 한데, 전혀 비슷하지 않다. 하다못

해 동태찌개를 끓여도 남자는 머리, 특히 눈알부터 먹고, 내장, 다음에 꼬리 순으로 먹는다. 여자는 머리나 내장은 거들떠보지도 않고 뽀얀 살만 먹는다. 그나마 조기 새끼의 꼬리를 먼저 먹는 것도 오십 년 동안 그에게서 배운 것이다.

서로 다른 것이 그뿐이면 좋겠지만, TV를 봐도 여자는 보이는 모든 것이 다 예쁘고 신난다. "저 배우는 눈이 어쩌면 저렇게 예쁠까? 가수 K의 목소리는 참 시원하고 폭이 넓어, L 가수 음성은 정말 감미롭고 부드러워 최고다!" 감탄 일색이다. 하지만 같이 앉은 남자는 "저 배우는 코를 세웠구먼. 얼굴 버렸네. 자기는 노래 들을 줄을 몰라. K는 너무 시끄럽고, L은 졸리잖아. A는 목소리가 답답하고…."

말을 할 때도 여자는 앞뒤 설명 없이 본론부터 시작하고, 남자는 일이 시작된 배경에서 시작해서 한 식경이 지나야 본론이 나온다. 물건을 사도 여자는 장점 먼저 보여 속전속결이고, 남자는 단점부터 찾아보고 장점을 본다. 그런데 교환이나 반품하는 횟수는 서로 비슷하다.

거실에서 드라마 보는 여자와 안방에서 격투기 보는 남자. 자녀들 다 혼인시키고 둘이 사는 노부부의 흔한 저녁 풍경이란다. 젊어서는 이런저런 이유로 못 이기는 척 함께하던 저녁 시간이 지금은 각자의 취미에 맞춰 따로따로 행해진다. 예전엔 속상해도 주변 때문에 참았던 서로의 잔소리도 옳고 그름을 따지는 토론으로 이어진다. 그러니 시끄럽지 않으려면 각자 좋은 것을 혼자 보는 수밖에 없다.

그렇다고 예외가 없는 것은 아니다. 종종 각자의 프로그램을 보다가 오래전 둘이 함께 좋아했던 가수나 배우, 정치가와 종교인이 등장하면 문 열고 눈 마주치며 아무개 나왔으니 보라고 알려 준다. 그럴 땐 나란히 앉아 "저 사람이 저렇게 늙다니 세월이 너무 야속하다."라며 눈물을 훔치기도 한다. 이때만큼은 서로 다른 의견이 없는 것은, 아직도 천연색의 젊은 추억들이 그들 사이에 머물러 있기 때문일 것이다.

그런데 추억과 관계없이 둘의 의견이 일치하고 행동을 함께 하는 일들이 생겼다. 손자·손녀에 대해서다. 두 아들을 키울 때는 생각이 어긋나기 일쑤여서 자주 다투었다. 어떤 문제에 대해서는 아예 상대가 모르게 처리한 일도 허다했는데, 손자·손녀에 대해서는 거의 의견이 같다. 그냥 이름만 불러도 괜히 좋고, 전화로 목소리만 들어도 기분이 붕붕 떠서 불면증도 사라져 버릴 정도다.

심지어 어젯밤에는 손자와 탁구를 했다거나, 손녀들과 손잡고 꽃박람회를 다녀오는 꿈을 꾸었다면서 생시에 일어나지 않은 일을 가지고서도 자랑이 늘어진다. 듣는 사람도 생시의 일처럼 신이 나서 자꾸 묻는다. "그래서? 표정이 밝던가요? 그 애가 힘들어 보이진 않았죠?" 하면서.

올해는 새해 첫날부터 '묵주의 9일 기도'[2]를 시작했다. 이 기도는 올해 대학 입시를 앞둔 큰 손녀와 고등학교 2학년으로 준수험생인 작은 손녀, 그리고 입대를 앞둔 손자를 위해서 연말까지 이어질 예정이다. 물론 가족의 건강을 위해서도 기도한다.

둘은 아침 식사 후에 십자고상과 성모상 앞에 나란히 앉아서 40여 분을 함께 기도한다. 주제가 기록된 탁상 달력에 기도하는 시간을 기록하고, 다른 때와 달리 급하지 않게 단어 하나하나에 정성을 들여 기도한다. 혹여 특별한 일이 생겨서 따로따로 하게 되면 각자가 기도한 시간을 써 놓기로 했지만, 오월이 된 지금도 늘 함께 고개를 숙이고 두 손을 모은다.

---

2 천주교 신자들이 성모님과 함께 드리는 기도로 예수님의 생애를 묵상하며, 청원의 9일 기도 3번, 감사의 9일 기도 3번, 1회에 총 54일 동안 드리는 기도다. 본인의 간절함에 따라 여러 번 반복하기도 한다.

눈부터 먹는 남자와 꼬리 먼저 떼는 여자는 오랜 세월을 함께 살았어도 서로 다르다. 하지만 손주들을 위한 사랑에는 약속이나 한 듯 의견이 일치한다. 둘이 토라져 돌아앉아 있다가도 아이들의 안부 전화에 좋아 어쩔 줄 모르는 철부지가 된다.

'조지 맥도날드'는 말했다. '이 세상에 태어나 우리가 경험하는 가장 멋진 일은 가족의 사랑을 배우는 일'이라고. 그 사랑에는 내리사랑도 있고 치사랑도 있겠지만, 선대의 또 선대가 후손에게 물려준 것은 아마도 따뜻한 내리사랑의 방식인 모양이다. 어긋나는 마음도 하나로 단단히 묶어 줄…. (2021)

고디바(Godiva) 초콜릿 먹는 날

한 여인이 나체로 말 위에 앉아 있다. 풍성한 적갈색 머리칼이 오른쪽 어깨와 가슴을 덮고 있으나, 우리가 보는 왼쪽은 실오라기 하나 걸치지 않은 맨몸이다. 백마의 등에 얹힌 붉은 안장은 황금빛 무늬로 화려한데, 그녀는 안장의 앞 끈을 잡고 고개를 숙이고 있다. 가늘고 긴 팔다리를 축 늘어뜨린 가냘픈 모습이 슬픔에 잠긴 듯한데, 말은 오른발을 살짝 들고 걸어가는 중이다.

이 여인은 레이디 고다이바(Lady Godiva), 11세기경 영국 코번트리(Coventry) 지방을 다스리던 영주 레오프릭(Leofric) 백작의 부인이다. 존 클리어(John collier)가 1898년에 그린 이 그림은 고다이바를 주인공으로 한 많은 화가의 그림과 조각 중에서 가장 화려하고 아름답게 느껴진다.

고다이바의 남편인 영주 레오프릭(Leofric) 백작은 욕심이 점점 과해져 백성들에게 과중한 세금을 부과하여 가난한 이들을 더욱 힘들게 했다. 보다 못한 그녀는 남편에게 세금을 줄여 줄 것을 여러 번 간청하였다. 아내의 성화에 못 이긴 레오프릭은 농담 삼아 어이없는 조건을 걸었다. "당신이 진정 그들을 사랑한다면, 벌거벗은 채 말을 타고 마을을 돌아다녀 보시오. 그러면 세금을 내리고 공공건물 건설도 취소하겠소." 한 것이다. 물론 그녀가 그렇게 하지는 못할 것을 예상하고 핑계를 만들고자 한 말이었다.

그러나 그녀는 포기하지 않고 알몸으로 말을 타고 마을을 행진해 농민의 고통을 덜어 주려는 뜻을 굽히지 않았다. 백성들은 고다이바 부인의 마음에 감동하여 누구도 부인의 알몸을 보지 않기로 약속하고, 외출은 물론 창문을 닫고 커튼을 내려 그녀의 용기와 희생에 경의를 표했다. 아내의 거룩한 희생에 감동한 레오프릭도 아내와의 약속을 지켰고, 이후 영지를 자비롭게 잘 다스렸다고 한다.

영국의 코번트리 지역에서는 1678년부터 그녀의 승마 시위를 재현한 퍼레이드를 벌이고 있으며, 1949년에는 마을 중앙 광장에 그녀의 기마상을 세워 현재까지 그녀를 기리고 있단다.

그뿐인가? 벨기에에는 '고디바(Godiva)'라는 명품 초콜릿이 있는데, 그 회사의 로고는 맨몸으로 말을 타고 있는 여인의 모습이다. 1926년 벨기에 브뤼셀에서 가족 사업으로 시작된 이 초콜릿 회사는, 창립자가 돌아가신 후 자녀들이 회사명을 고디바로 바꾸고 새로운 제품을 출시하기 시작했다.

그들은 부인의 용기와 이타심, 관용, 우아함과 고귀함을 닮은 최고급 초콜릿을 생산하겠다는 신념으로 회사명을 바꾼 것이다. 로고 또한 벌거벗고 말을 타고 있는 고다이바 부인을 모티프로 사용했다. 눈이 부시도록 고운 상자에 포장된 이 고급 초콜릿은 세계에서 가장 사랑받는 초콜릿 중 하나가 되었다.

1968년 고디바 초콜릿은 벨기에 왕실의 공식 인증을 받았다. 5년마다 그 자격을 재검토하는데, 현재까지 40년 넘게 왕실의 인증을 받고 있다고 한다. 세계 각지에 700여 개의 매장을 두었고, 우리나라에도 2012년 입점했다. 심지어는 초콜릿을 거의 먹지 않는 중동에서까지 팔리고 있다고 하니 그 인기가 대단함을 알 것 같다.

나도 종종 초콜릿을 먹는다. 지극히 아름답거나 난해한 그림을 마주할 때나, 배배 꼬인 시어(詩語) 때문에 작가의 생각을 알 수 없는 시집을 만날 때면 초콜릿을 먹는다. 보통은 우유가 들어간 부드러운 것을 좋아하는데, 오늘은 아끼던 고디바 초콜릿에 손이 갔다.

자신의 이해력이 시원치 않은 것이 부끄러워서 스스로 조금 고급스러워지고 싶은 것인지도 모른다. 동그란 것, 네모난 것, 갸름한 것, 산이나 나무 그림 등 스물네 개의 작은 초콜릿 중에서 두 개의 하트가 맞물린 것을 고른다. 말 탄 여인의 로고가 새겨진 것은 아껴 두기로 한다.

백작 부인이 난제를 해결한 것처럼은 아니더라도, 어려운 시어 한두 개 정도는 풀어내기를 바라며 고디바 초콜릿을 먹는다.

그런데 백작 부인이 알몸으로 행진하던 그 시간, 호기심을 참지 못한 이가 있었다. 마을의 양복 재단사 톰이다. 그가 커튼을 슬쩍 들추어 부인의 벗은 몸을 보려는 순간, 그만 눈이 멀어 버리고 말았다는 전설도 있다. 그로 인해 관음증 환자를 '피핑 톰(Peeping Tom)'이라고 부르며, 일반적인 관행이나 불의한 힘에 대항하여 난관을 뚫고 나가는 정신을 '고디바이즘

(Godivaism)'이라 부르게 되었단다.

이야기 속에 담긴 레오프릭 백작, 고다이바 부인, 마을 사람들, 재단사 톰, 네 부류의 사람들이 왜인지 정이 간다. 보통의 옛이야기에는 미워하고 싶은 사람이 꼭 끼어 있는데, 이 일화에는 그런 사람이 없다. 마을 사람들과의 약속을 어기고 몰래 훔쳐 본 톰에게까지 '그럴 수도 있지.' 하며 이해하게 된다. 이것은 아마도 고다이바 부인의 관용과 사랑이 초콜릿을 통해 내게 전이 되어서 그런 모양이다.

천 년 전 열일곱 어린 백작 부인이 21세기를 사는 이기적인 나를 가르친다. 차고 맵지 않은 달곰쌉쌀한 부드러움으로. (2022)

귀한 것과
하찮은 것

재활용품 분리수거를 하는 날이다. 어느 집에서 내놓았는지 책들이 엄청나게 쌓여 있다. 작은 산 같다. 웬만한 사람은 소장할 엄두도 못 내던 서른네 권짜리 동아대백과사전을 비롯하여 요리백과시리즈, 국어대사전, 영한사전은 물론 출판사에서 갓 나온 듯 깔끔한 잡지와 문학 서적도 많다.

위인전, 단편소설전집, 동양철학전집, 시집, 수필집, 동화책…. 어느 작가가 절필하며 소장하던 책을 내놓았을까? 아니면 저명한 학자가 돌아가셔서 책을 좋아하지 않는 가족들이 유품을 정리하는 것인지.

마음이 저릿해서 그냥 지나치지 못하고 한참을 들여다보았다. 세상을 떠들썩하게 했던 베스트셀러는 물론 이름만 대면

알 만한 대단한 작가의 책도 예외 없이 그 속에 끼어 있다. 한때는 귀한 책이었으나 지금은 하찮은 책이 된 것이다.

욕심 같아서는 모두 우리 집에 들여놓고 싶었다. 그런데 이것을 고르면 저것이 아까워 골라낸 책이 태반이 넘는다. 게다가 우리 책장도 책으로 넘쳐나니, 눈 딱 감고 돌아설 수밖에 없었다. 최근에 출간된《어린 왕자》만 가슴에 안고….

나도 이사하면서 보관할 장소가 마땅치 않아 젊어서부터 모은 책 몇백 권을 정리했던 기억이 있어 마음이 쓰렸다. 필요할 듯한 곳에 문의해도 가져간다는 곳이 없어서 폐지 모으는 분께 무료로 드리는데도 이런 건 도움도 안 된다며 배짱이 이만저만이 아니었다.

젊어서는 가정과 직장을 오가느라 너무 바빠 책을 읽을 시간이 없었다. 해서 직장을 그만두면 읽으려고 사 모았던 책들이다. 없는 돈에 할부로 산 것이 대부분이니 애착도 많았지만, 책장이 누렇게 바래고 작은 글자가 세로로 쓰여 있어 노안이 된 내가 읽기에 어려운 탓도 있었다. 게다가 신간 서적이 작가의 친필 사인과 더불어 자주 배달되니 보관할 곳이 마땅치 않아 정리했지만 오래 마음이 아팠다.

내가 어렸을 때는 책이 몹시 귀해서 책을 한 권 사면 여럿이 돌려 가며 읽었다. 해서 라디오가 흔해지기 전까지는 동네 어른들이 함께 모여 이야기책을 읽거나 들었다. 당시 어른들은 문맹이 많았고 책도 귀했기에 책을 읽어 주는 날을 축제처럼 기다리곤 했다. 낮에 전갈이 가면 일찍 저녁을 드시고 고모네 큰 방으로 오셨다.

고모부와 아버지는 우리 동네의 전기수(傳奇叟)[3]인 셈이었다. 어떤 책은 하룻밤에 끝나기도 하지만 신소설은 며칠 밤을 연속으로 읽었다. 듣는 사람들의 추임새(?)가 좋아서 두 분의 음성이 더욱 활기를 띠곤 했다.

고모부의 음성은 낮고 부드러워서 내용이 차분하게 전달되었다. 아버지의 목소리는 힘이 있고 감성적이어서 듣는 이들의 심금을 울렸다. 《장한몽》, 《춘향전》, 《심청전》, 《홍길동전》은 물론 당시로선 신소설이던 김내성의 《마인》, 《진주탑(眞珠塔)》, 그리고 다섯 권이나 되던 《청춘극장》 같은 책도 대본해서 읽으셨다. 어느 대목에서는 훌쩍훌쩍 울기도 하고, 또 어디서는 왁자하게 웃고, 또 어떤 때는 울분을 토하며 한마음이 되곤 했다.

---

3 조선 후기 소설을 전문적으로 읽어 주던 낭독가.

훗날 일제 강점기를 배경으로 펼쳐진 정말 재미있던《진주탑》이 뒤마(Dumas, A.)가 쓴《몽테크리스토 백작》의 번안 소설임을 알고 크게 실망했다. 하지만 우리 정서에 맞게 잘 번안되었기에 원작보다 더 재미있었던 것 같다.

두 분이 번갈아 가며 어느 정도 책을 읽으면, 조금 쉬면서 가지고 온 음식들을 나누어 먹으며 웃음꽃을 피웠다. 그런 날이면 아이들은 몰래 문밖에서 듣기도 하고, 끼리끼리 다른 집에 모여 별것도 아닌 얘기에 까르르까르르 웃으며 놀았다. 대동다리 근처 신안동, 신작로 옆 동네는 그래서 긴 겨울밤도 마냥 짧았다.

나중에 라디오 연속극이 나오고, 무성영화 시절을 거쳐 TV 연속극이 등장했지만, 당시의 소설 낭독도 나름대로 큰 인기가 있었다. 보이지 않는 작중 인물을 자신의 상상으로 설정하여 듣기 때문에 더 감동적이었을지도 모른다.

나는 아이들이 보면 안 된다는 그 책들을 어른들이 안 계실 때 재빨리 읽고 시치밀 떼곤 했다. 사실 내가 또래보다 일찍 글자를 알게 된 것도 아버지가 읽으시는 책이 궁금해서 몰래몰래 보다가 그리된 것이다. 숨어서 읽던 책은 더 재미있었고, 글자로만 알던 사랑은 왜 그리 아름다웠던지…. 초등학교 때도 세계소년·소녀명작과 더불어 어른들이 보시는 소설을 몰래 보는 습관은 여전했다.

중학교에 들어가자 나는 원동서점의 단골손님이 되었다. 용돈이 생기면 등굣길에 친구와 함께 책을 한 권씩 대본해서 그날 학교에서 제 것을 다 읽고, 하교하면서 서로 책을 바꿔 밤새워 읽었다. 한 권 대본값으로 두 권의 책을 읽기 위해 공부 시간에도 책상 밑에 두고 몰래 읽다가 선생님께 꾸중을 듣기도 여러 번이었다.

하지만 나는 삼 년 내내 그 버릇을 고치지 못했다. 절실함 때문이었을까? 나중에 여유롭게 읽은 책들은 쉽게 잊혔어도 그때 읽은 책의 내용은 지금도 내 지식의 밑바닥에 고여 있는지 종종 생각이 급할 때 튀어나오곤 한다.

오랜만에 《어린 왕자》를 다시 만난다. 읽을 때마다 달리 읽히는 책이다. 먼지 낀 마음이 조금씩 맑아지는 듯, 잊었던 감성이 또 나를 자극한다. 그는 말했다.

"사막이 아름다운 것은 어딘가에 우물을 품고 있기 때문이야."

갑자기 묵직한 것으로 머리를 한 대 얻어맞은 느낌이다. 이게 아니다 싶어 서둘러 다시 재활용품수거장으로 나갔다. 그런데…, 그 몇 시간 사이에 일기예보에도 없던 집중호우가 내렸는지 책들이 물을 먹어 질펀하다. 귀한 말들도 홍건하게 젖어 빗속으로 떠내려가고 있다. 귀한 것을 하찮게 여긴 벌을 톡톡히 받은 것이다. (2018)

사랑이
넘지 못한 편견

2017년 11월 26일, 그녀가 떠났다.

하와이의 요양병원에서 소천한 줄리아 멀록(Julia Mullock)의 소식은 열흘이 지나서야 국내에 알려졌다. 향년 아흔네 살 한국 이름 이주아(李珠亞), 대한제국의 왕세손 이구(李玖)의 첫 부인이다. 사랑이 대체 무엇이라고 강제 이혼을 당하고서도 죽을 때까지 남편의 이름을 끌어안고 살다 간 조선의 마지막 세손빈이다.

조선 왕세자와 일본 귀족인 어머니 사이에서 태어나 일본에서 자란 이구는 성인이 되도록 우리말도 잘하지 못했단다. 성인이 되자 맥아더 장군의 초청으로 미국으로 건너가 MIT공과대학에서 건축학을 전공하고 뉴욕 아이엠페이(IMPEI) 건축사

무소에 입사했다. 때마침 그 회사에서 근무하던 우크라이나계 미국인 줄리아는 스페인으로 떠나기 위해 사용하던 가재도구와 거처를 내어놓았다. 그리고 그것을 인수하러 온 신입사원 이구와 만나면서 사랑에 빠지게 된다.

그녀는 섬세하고 진중한 성격에 매료되어 자동차도, 돈도, 심지어는 국적도 없으며, 나이마저 여덟 살이나 어린 청년의 사랑을 받아들였다. 그들은 1959년 10월 25일 뉴욕의 세인트 조지 성당에서 결혼식을 올렸고, 그 결혼으로 이구는 미국 국적을 취득했다.

세상은 변하고 또 변했다. 일제 치하에서 벗어나 초기 대한민국 정부가 수립되었지만, 정부는 몰락한 왕가를 외면했다. 1963년이 되어서야 박정희 대통령의 초청으로 영친왕, 이방자 여사, 덕혜 옹주와 함께 귀국해 창덕궁 낙선재에서 살게 되었다. 그들이 꿈꾸던 일이었지만 이것이 사랑하는 부부를 갈라놓게 될 줄을 아무도 몰랐다.

따뜻한 성품의 줄리아는 낯선 궁궐 생활에 적응하려 애썼다. 하지만 남편은 낙선재 생활에 적응하지 못한 데다 사업까지 실패하자 혼자 호텔에 머물게 된다. 낙선재에서 시부모를 모시고 사는 아내와는 타의적 별거가 시작된 것이다.

설상가상으로 푸른 눈의 이방인을 세자빈으로 인정할 수 없었던 종친회는, 후사가 없다는 이유를 들어 이혼을 종용하기에 이른다. 기댈 곳 없던 줄리아는 1982년 이혼 서류에 도장을 찍어 주고 낙선재를 떠났다. 그래도 남편과의 재회를 바라며 서울의 한 호텔에 의상실을 열고, 복지 사업에도 관심을 기울였으나 생활고를 견디다 못해 1995년 친정인 하와이로 돌아갔다.

그리고 2005년 여름, 자신의 삶을 소재로 영화를 만들겠다는 제작자의 인터뷰 요청으로 한국을 방문했다. 줄리아가 한국에 머물고 있을 무렵, 남편이 도쿄의 아카사카 프린스호텔에서 외로운 주검으로 발견된다.

영결식은 조선 왕실 예법에 따라 창덕궁에서 거행되었다. 하지만 장례식에도 초대받지 못한 줄리아는 먼발치에서 휠체어에 앉아 남편의 운구 행렬을 지켜보았고, 장례식이 끝난 뒤 홀로 묘 앞에서 절을 올렸다고 한다. 그렇게 마지막 왕세손이 남양주시 홍유릉(洪裕陵) 뒤편 영친왕 묘역에 묻힘으로써 조선 왕실은 완전히 막을 내렸다.

우리나라는 많은 격동기를 거쳤고 정권이 바뀔 때마다 왕족에 대한 대우가 달랐다. 이승만 대통령은 그들의 입국을 거절했고, 박정희 대통령은 그들을 초청했다. 또 전두환 대통령은 왕실 재산을 국고로 환수시켰다. 그들의 생활이 곤궁할 수밖에 없었던 이유 중 하나다.

측근들의 말을 빌리면 줄리아는 이혼 후에도 항상 남편을 그리워했고, 자신이 죽은 뒤에 한 조각의 유해라도 한국에 보내지길 원했단다. 하지만, 그녀의 유해는 화장하여 바다에 뿌려져 죽어서도 남편에게 닿을 수 없게 되었다.

"쿠(Ku Lee)의 자유로운 영혼은 가문과 구습의 그물에 포박당해 버렸고, 내가 사랑했던, 패기만만한 청년 건축가는 더 이상 존재하지 않았어요. 종친들은 우리 사이에 아이가 없다는 이유로 공공연하게 그에게 외도를 권했죠. 그건 나에게나 그에게나 잔인한 일이었어요." 이렇게 말하면서도 간직해 왔던 조선 왕가의 유물과 한국 근대사 관련 사진들을 덕수궁박물관에 기증하는 등, 세손빈의 역할을 다하며 죽을 때까지 '줄리아 리(Julia Lee)'로 살았다.

남성들이 쳐 놓은 제도의 그물에 갇혀서도 제 역할을 다한 왕가의 마지막 여인들이 슬프게 아름답다. 영친왕의 정혼녀인 민갑환은 다른 곳과의 혼인을 허락받고도, 조선 왕실의 예법을 스스로 지켜 평생 처녀로 살았다. 그러면서도 영친왕과 이방자 여사를 원망하거나 미워하지 않았다. 오히려 방자 여사를 향해 "첩첩이 쌓인 양국 간 감정의 틈바구니에 끼어 있는 그분의 심정이 얼마나 괴로울까 생각하면 동정이 간다." 하였다.

방자 여사는 "나는 민 규수의 얘기를 들을 때마다 그분의 슬픈 운명이 마치 내 죄인 듯하여 기회가 오면 꼭 그분을 만나 손을 잡고 위로하고 싶다."고 말하며, 일본이 조선에 행한 잘못을 대신 사죄하며 사회를 위해 헌신하였다.

나라가 망하면 백성도 임금도 다 함께 설 자리가 없다는 것을 여실히 보여 준 조선의 마지막 왕실. 고종의 아들인 영친왕은 간택된 여인이 있었음에도 어쩔 수 없이 일본인 방자 여사와 정략결혼을 했다. 그 아들 이구는 타국을 떠돌다가 미국인 줄리아와 결혼했다. 오천 년 단일민족임을 자랑하던 자부심은 조선의 궁궐에서부터 깨어졌지만, 편견은 여전히 살아남아 있다.

흔히 사랑에는 국경도 없다고 말하지만, 편견에는 국경이 있어서 종종 아름다운 사랑을 슬픈 사랑으로 바꾸어 놓는다. 왕세손과 줄리아의 사랑처럼. (2018)

2부

진달랫빛으로 설레다

내 곁에 이처럼 좋은 사람이 있다는 것은 얼마나 감사한 일인가. 나도 누군가에게 이런 사람이 되고 싶다. 진달래 꽃잎 위로 내리는 사월 햇볕처럼 따스한 사람으로 기억되면 정말 좋겠다.

대전역에는
블루스가 산다

낯익은 음악이 흘러나온다. 전철이 대전역에 진입하는 모양이다. 음악은 짧게 도착역을 암시해 주고 멎었지만, 승객들은 속으로 노래를 이어 부른다.

"잘 있거라 나는 간다 / 이별의 말도 없이 / 떠나가는 새벽 열차 / 대전발 영시 오십 분 / 세상은 잠이 들어 고요한 이 밤…."

대전은 경부선과 호남선이 통과하는 교통의 중심지다. 그러니 자연스레 여러 지역 사람들이 섞여 산다. 해서 만남도 많고 이별도 많은 곳이다. 자연환경에 변화가 심하지 않아서 사람들 성격이 느긋하고 누구에게나 인심이 후하다. 다른 지역 출신과 이곳 토박이 간의 차별도 없으며 누가 토박이인지 알지도 못한다.

누구를 만나도 술에 술 탄 듯 물에 물 탄 듯, 좋은지 나쁜지 통 그 속을 알 수 없어 답답하다는 대전 사람들. 그러나 짧은 만남에도 정이 깊어 헤어질 때 선물과 눈물을 함께 주는 사람들이기도 하다. 그런 대전역에는 환갑이 가까운 〈대전블루스〉란 대중가요가 살고 있다.

어느 날, 자정이 넘어서야 대합실 정리를 끝낸 열차승무원은, 플랫폼에서 오래도록 마주 보고 서 있는 젊은 남녀를 눈여겨보았다. 그들의 젖은 시선은 목포로 가는 대전발 0시 50분 열차가 들어와 남자가 차에 오를 때까지 이어졌다. 비는 내리는데 그를 실은 기차가 보이지 않게 멀어진 후에도, 여인은 한참을 그 자리에 서 있다가 흐느끼며 빗속으로 사라졌다. 우산도 없이….

이 열차승무원이 나중에 아시아레코드 대표가 된 최치수다. 그는 음반 사업에 발을 들이기 전, 14년간 열차승무원으로 근무했다고 한다.

그가 신세기레코드 영업부장으로 일하던 무렵, 전라도 지역으로 출장을 다녀오는 길에 대전역에서 바꿔 탈 경부선 열차를 기다리고 있었다. 자정이 가까운 시간, 때 맞춰 내리는 보슬비에 예전의 애틋한 이별 장면이 생각나 그 자리서 〈대전블루스〉

가사를 썼단다.

최치수의 가사를 전달받은 작곡가 김부해는, 이별의 정과 한이 담뿍 담긴 가사를 블루스 멜로디에 실어, 단 3시간의 작업으로 곡을 완성했다. 노래는 그 당시 블루스의 여왕이라고 불리었던 가수 안정애가 취입하였다.

1959년 최초 발표한 〈대전블루스〉 음반은 발매 사흘 만에 주문이 쇄도했고, 창사 이래 가장 많은 음반 판매량을 기록했다. 가수와 작사, 작곡가에게 특별 보너스를 지급할 정도로 대히트를 한 것이다. 누구나 한 번쯤은 경험했을 이별의 안타까움에 정감 있는 멜로디는 어려운 시기를 견디고 있는 대중의 공감을 받기에 충분했던 모양이다.

1963년 개봉한 영화 〈대전발 0시 50분〉에는 〈대전블루스〉가 주제곡으로 삽입되었고, 작곡가 김부해는 음악 담당으로 참여했다. 배우들도 당대 최고였다. 나도 본 영화인데 최무룡과 신성일, 최지희가 나왔다는 것만 기억할 뿐 줄거리는 생각나지 않는다. 하지만, 지금도 코허리가 시큰하게 기억나는 한 장면이 있다. 구두 뒷굽을 높이 든 여자와 군복을 입은 남자가 이별의 포옹을 하고 있는 장면이다. 지붕도 없는 대전역 플랫폼에서다. 이렇게 〈대전블루스〉는 온 국민의 노래로 인기를 끌면서 대전의 응원가로도 자리 잡았다.

1999년에는 대전역 광장에 노래비가 세워졌다. 앞면에는 '대전 사랑 추억의 노래비'가, 뒷면에는 가사와 작사, 작곡가가 세로로 새겨졌다. 그러나 가수의 이름은 없는 국내 유일의 미완성 노래비다. 원곡 가수인 안정애 씨가 1980년대에 새롭게 불러 다시 히트시킨 조용필의 이름을 같이 넣지 않으려면, 자신의 이름도 넣지 말아 달라고 하여 넣지 않았단다. 가요계 선배의 겸손과 아름다운 후배 사랑이 담긴 노래비로 더 귀하게 여겨졌다.

그런데 이게 웬일인가. 엊그제 대전역 광장을 지나며 살펴보니 노래비가 사라졌다. 알아보니 노숙자들이 노래비를 훼손하고 오물을 투척하여, 그 큼직한 노래비가 읽을 수도 없게 처참해지는 바람에 그것을 설치한 대학교에서 일단 철거해 갔다고 한다. 참 어이없는 일이지만, 언젠가는 꼭 있어야 할 제자리로 돌아오기를 바란다.

지금 대전역엔 대전발 0시 50분 목포행 완행열차도 없어진 지 오래고, 광장에 노래비조차 없다. 그러나 아직도 대전을 대표하는 노래는 〈대전블루스〉다.

오늘도 옛날을 기억하는 사람들이 대전역에서 가락국수를 먹는다. 허기진 시절 완행열차의 대기 시간을 이용해 급하게 찾던 가락국수를 먹으며 블루스를 듣는다. 이별할 사람은 없어도 마냥 애틋해지는 노래를 따라 부르며 추억을 건져 올린다. 추억은 아무리 힘들었어도 그리움으로 찾아온다. 대전역에 살고 있는 블루스처럼….

기적 소리 슬피 우는

눈물의 플랫폼

무정하게 떠나가는

대전발 영시 오십 분

영원히 변치 말자 맹세했건만

눈물로 헤어지는 쓰라린 심정

아 보슬비에 젖어 가는

목포행 완행열차 (2018)

이상한
계약

이런 황당한 계약이 있을까? 생애 가장 큰 계약이면서도 당사자는 있는 줄도 몰랐던 계약. 기본 환경은 상대가 제공한 것으로부터 시작되고, 주어진 조건은 누구에게나 공평하다. 계약 기간 내의 모든 활동은 자유로운 선택에 따른다. 다만 계약 기간은 본인은 알 수 없고 상대만이 안다.

얼마 전 한 친구가 불치의 병으로 계약 기간 만료를 통보받았다고 했다. 재계약을 제의해 봤지만, 거절을 당했단다. 그녀는 어쩔 수 없이 머물던 곳을 떠났고, 우리는 국화꽃을 선물하고 향을 피웠다. 그 이후의 소식은 들을 수 없었다. 그와의 계약 기간 만료로 그녀의 시대는 끝난 것이다. 내 아버지 어머니도 많은 선조도 다 그렇게 떠났다.

억울한 계약이다. 모든 계약은 쌍방의 합의로 이루어지기 마련인데 이런 계약은 모순임이 틀림없다. 그런데 달리 생각해 보면 횡재한 계약이기도 하다. 그는 우리에게 이 넓은 세상을 주었고, 돌보아 줄 부모까지 준비해 주었다.

우리는 아름다운 하늘과 땅, 산과 바다, 해와 달과 별을 받았으며, 향기로운 꽃과 수목, 지저귀는 새들과 싱그러운 바람을 받았다. 그것을 사랑하는 마음도 받았다. 게다가 의식주를 자신의 노력에 따라 마련할 수 있는 능력까지 받았다.

그에게 받은 것 중에서 우리가 기간을 정해서 계산하는 것이 '나이'란 것이다. 잘났거나 못났거나 누구나 공평하게 해마다 한 개의 숫자를 더해 가는 나이. 이보다 정직한 것이 또 있을까?

유아기에는 누가 물으면 손가락을 펴고 대답은 했어도 의미를 알지 못하였다. 초등학교 저학년까지도 별 인식은 없었다. 그런데 열 살 무렵부터 나이에 대한 흐름이 느껴지기 시작했다.

당시의 시간은 지루할 정도로 느릿느릿 지나갔다. 추석이나 설 같은 명절, 생일, 받아 놓은 소풍날을 기다리려면 목이 빠질 지경으로 하루가 길었다. 경제 상황이 어려워서 그날이 아니면 예쁜 옷은 물론 맛있는 음식도 쉽게 먹지 못해 그랬을 듯하지만 즐겁게 뛰어놀아도 일 년은 아주 길었다.

십 대 후반도 거의 비슷했다. 어머니는 일곱 살 때 돌아가셨고, 아버지는 객지에 머무시는 일이 많았다. 형제도 없는 외톨이인 나는 고모 댁에서 살았기에 얼른 학교를 졸업하고 싶었지만, 고등학교의 삼 년은 길고 또 길었다. 고마운 선생님과 좋은 친구들이 곁에 있었던 내 생애 가장 빛나는 시기였음에도….

나이 먹기가 빨라지기 시작한 것은 공무원이 되고 나서였다. 내가 여고를 졸업한 후 아버지는 어머니 사별 후 십오 년 만에 재혼하여 서울에 사셨고, 나는 길러 주신 고모 내외를 모시고 대전에 살았다. 수입은 쥐꼬리만 한 내 월급뿐인데 그것 열두 번 받으면 일 년이 후딱 지나갔다.

결혼을 하고 나자 시간은 아니, 나이는 더 빨리 쌓여 갔다. 한 집안의 며느리로 일가친척의 중심 역할은 물론 아내, 엄마, 공무원으로 눈코 뜰 새 없는 날들이 계속되었다. 어떤 사람은 식은 죽 먹기였다고 말하는 직장에서의 일거리도 집에 가지고 와서 밤을 새울 정도로 많았다. 퇴근 후 야근은 물론 주일에 출근하는 일도 다반사였다.

정부 시책으로 여름휴가 제도가 생겼을 때, 서류상은 '연가

(年暇)'로 쉬러 가 있는 상태지만 일부 직원들은 무급 근무를 하곤 했다. 한 달이던 출산 휴가는 기록에만 남아 있을 뿐 보름 만에 종료되었다. 일할 사람이 없다는 이유에서다. 요즘 공무원의 당당하고 여유로운 휴가를 보면 나는 은근히 부럽다.

이렇게 바쁘다 보니 월급 열두 번 받으면 한 살 먹던 나이는 보너스 네 번 받으면 한 살 먹는 정도로 빨라졌다. 당시 동료들이 퇴직 후를 염두에 두고 자격증에 열을 올리는 것을 보면 한심했다. 평생 국가와 남의 재산을 계산하면서 바쁘게 살았다. 그런데 퇴직 후에까지 또 그 일을 하며 산다는 게 싫어서 그쪽으로 원서 한번 내 본 적도 없다.

나도 옛 선비들처럼 유유자적하며 멋있는 여생을 보내고 싶었다. 그런데 그렇게 기다리던 퇴직 후의 시간도 그리 넉넉한 것이 아니었다. 어떤 면에서는 자격증을 따서 개업한 친구들보다 더 시간적 여유가 없어지고 말았다.

퇴직하자 남편이 하는 사업의 경리를 컴퓨터로 보아주어야 했다. 어려서부터 좋아하던 글쓰기도 시작했다. 처음엔 좋은 스승을 찾아 수필을 쓰고 이어서 시를 썼다. 시와 수필을 써서 잡지에 발표하고, 책 몇 권을 펴내다 보니 시간이 물 흐르듯 빠져나갔다.

더 웃기는 것은 늦은 나이에 '문화예술학'을 전공하려 사이버 대학에 입학한 것이다. 그것도 천천히 했으면 좋았으련만, 뭐가 그리 바쁘다고 남들이 사 년에 취득하는 학점을 삼 년에 이수하고 조기졸업까지 했다. 그뿐인가. 그 기간에 두 살, 네 살짜리 손자·손녀가 내려와서 함께 살았으니 직장에 다닐 때보다 시간은 더 없고 나이는 빛의 속도로 쌓여 갔다.

퇴직 후에 한가롭게 살겠다던 내 꿈은 시작도 못 해 보고 지나가 버린 것이다. 올해도 새 달력을 벽에 건 지 얼마 안 된 것 같은데 벌써 오월이다. '아~' 소리 한 번 더 하면 또 한 살을 먹을 것이다. 참 빠르다.

아무튼, 나는 오늘도 이상한 계약자가 준 그 기간을 신나게 쓴다. 차를 마시고 친구를 만나고 책을 읽는다. 시와 수필도 쓴다. 이래도 될까? 그에게서 좋은 자료와 많은 시간을 무료로 받았으면 무엇인가 보답을 해야 한다. 그런데, 나는 내가 좋아하는 것만 하면서 나날을 보내고 있다.

나는 모르고 그만이 아는 계약 기간 만료일이 눈앞에 다가오고 있는데…. (2017)

사랑은 의심과 동거할 수 없다

달달한 사랑 이야기 한번 들어 보실래요?

옛날 신들의 시대, 작은 왕국에 아름다운 세 공주가 살고 있었대요. 두 언니도 고왔지만 막내 프시케 공주는 눈부신 미모를 지니고 있었지요. 그녀를 본 사람들은 누구나 최상의 찬사를 바쳤답니다.

인간이면서 신이 받아야 할 찬사까지 받는 것을 괘씸하게 여긴 미의 여신 아프로디테(비너스)는 아들 에로스(큐피드)를 불러 그녀가 비천한 남자를 좋아하게 만들라고 명령했지요. 그는 황금과 납으로 된 두 개의 화살을 가지고 다녔는데, 그 화살을 맞고 처음 보는 상대를 사랑하거나 미워하게 된답니다.

어머니의 명령을 받은 에로스는 두 개의 샘물을 담은 작은 병과 화살을 가지고 프시케의 방으로 갑니다. 그녀는 잠들어 있었어요. 그가 쓴 물을 그녀의 입술에 떨어뜨리고 화살촉을 꺼내는 순간, 그녀가 깨어나 아름다운 눈으로 그를 바라보았어요. 당황한 에로스는 손에 쥔 황금 화살촉으로 그만 제 가슴을 찌르고 말았습니다. 이렇게 사랑의 신 에로스는 그녀를 사랑할 운명이 됩니다.

그녀는 여전히 아름다웠지만 비너스의 저주로 누구에게도 청혼을 받지 못했습니다. 이미 두 언니를 이웃 나라 왕자들에게 시집보낸 왕은, 혼담이 들어오지 않는 막내딸이 걱정되어 아폴론 신전에 문의를 했는데 대답은 황당했죠.

"프시케는 인간과 혼인할 운명이 아니다. 신랑감은 괴물이고, 그는 산꼭대기에서 처녀를 기다리고 있다."

모두 슬퍼했지만 공주는 자신의 운명에 따르겠다며 산꼭대기로 올라갑니다. 공주를 모시고 온 행렬이 다 물러가자, 두려움에 울고 있던 그녀를 부드러운 서풍이 숲속의 커다란 궁전으로 인도합니다. 세상에서 본 적 없는 아름다운 궁전이었어요. 그리고 목소리만 들리는 하인들의 시중을 받으며 부족함 없이 지내게 됩니다.

남편은 어두운 밤에만 찾아왔고 날이 밝기 전에 돌아갔어요.

함께 있을 땐 불도 켜지 못하게 하여, 얼굴을 볼 수도 없었어요. 그녀가 얼굴을 보여 달라고 간청하면, 정당한 이유가 있어 그러니 그냥 자신을 믿으라고만 합니다.

그러나 그의 몸짓과 음성은 다정다감하여, 그녀의 마음에 깊은 애정을 불러일으켜 그를 사랑하게 되었어요. 답답했지만 그들의 사랑에 문제는 없었습니다.

그러던 어느 날 프시케는 자신을 괴물에게 보내고 걱정할 가족들을 안심시키려고, 언니들을 성에 초대합니다. 두 언니는 호화로운 성에서 행복하게 사는 동생이 부러워 자꾸 의심을 부추깁니다. 그 괴물은 무서운 뱀이고, 언젠가 너를 잡아먹을 것이니 몰래 등잔과 칼을 준비하였다가 그가 잠들거든 잘 살펴보고, 괴물이면 바로 머리를 베라고 합니다.

언니들이 돌아간 후 의심이 생긴 프시케는 남편이 혼곤하게 잠들었을 때, 등불로 얼굴을 비춰 봅니다. 그런데…. 그녀의 눈앞에 보인 것은 신들 중에서도 가장 아름답고 매력 있는 에로스였어요. 그때 잠에서 깨어난 남편은,

"어리석은 프시케여! 이것이 내 사랑에 대한 보답이냐? 나는 어머니의 명령도 어기면서 너를 아내로 맞았다. 그런데 너는 나를 괴물로 여기고 머리를 베려고 생각하였단 말이냐? 가거

라. 사랑은 의심과 동거할 수 없다."

이 말을 남기고 흰 날개를 펴고 날아갑니다. 화려한 궁전도 아름다운 정원도 사라져 버립니다.

'사랑은 의심과 동거할 수 없다.'

처녀 시절에 참 좋아했던 말입니다. 그래서 상대의 미래가 불투명했음에도 용기 있게 결혼했지요. 10년쯤 지났을 때 생각했어요. 의심스러웠으면 그때 시작을 말았어야 한다고. 20년이 지났을 때 또 생각했지요. 먼저 의심을 거쳐서 사랑했으면 더 좋았을 거라고. 40년이 지난 지금 다시 생각해 보니 역시 사랑이 의심과 동거하지 않아서 다행이라 여깁니다.

요즘 결혼 적령기의 청년들이 가진 것이 없어서 아예 결혼을 포기하는 경우가 많다고 합니다. 좋은 직장이 아니어서, 내 집이 없어서, 생활을 유지할 재력이 없어서 처녀들이 시집을 오지 않는다는군요. 결혼은 거래가 아닙니다. 사랑이지요. 함께 손을 잡으면 무엇이든 이룰 수 있습니다.

어떻게 아느냐고요? 제가 결혼할 무렵, 남편은 직장도 없었고 단칸방을 얻을 돈도 없었지만, 살면서 직업도 생기고, 집도 장만하고 아이들도 자랐습니다. 그리고 가장 중요한 것은 아이들이 모두 결혼하여 곁을 떠난 지금, 쇠약해진 몸을 서로 다독이며 의지해서 삽니다. 그때 의심만 앞세웠으면 저는 지금 어떻게 살고 있을까요?

의심이 머무는 곳에 사랑은 깃들지 않습니다. (2017)

부르고 싶은 이름,
갖고 싶은 이름

도로변의 허름한 옷가게 안, 손님은 셋뿐인데 활기 넘치는 '엄마' 소리가 행인들의 귀를 잡아당긴다. 엄마, 엄마, 엄마. 참 많이도 부른다.

"엄마, 이 옷이 잘 어울려요."

"아니야, 엄마. 엄마한테는 이 옷이 더 예뻐."

육십 대 초·중반으로 보이는 딸들이 저희 엄마에게 옷을 골라 주는 중이다. 언뜻 봐도 어른의 연세가 적지 않다. 거무스름한 얼굴은 주름투성이고 한쪽 눈은 꺼풀이 내려와 보이지 않는다. 머리도 듬성듬성 모시 오라기다. 키가 작고 뚱뚱한데 어깨가 굽었고, 다리가 휘어서 몸이 옆으로 비스듬하다. 어떤 옷을 입어도 맵시가 나지는 않겠지만, 딸들은 열심이었다.

그 앞을 지나던 내가 '엄마' 소리에 끌려 슬며시 가게로 들어서니 생면부지의 노인이 반색하며 묻는다.

"에구, 잘 왔수. 이 옷 좀 봐줘. 내 나이가 구십인데 저것들이 이 옷이 좋다네. 그런데 좀 야하지? 어느 쪽이 나한테 잘 어울리우?"

얼결에 살펴보니 바지는 이미 자주색을 골랐고, 재킷을 흰 바탕에 빨간 꽃무늬를 입느냐, 회색 바탕에 파란 물방울무늬를 입느냐의 문제인 것 같았다. 둘 다 이상했지만, 그들이 이미 골라 놓고 선택만 하는 중이라 웃으며 말했다.

"둘 다 예쁜데요. 아주머님 마음에 더 끌리는 것으로 정하시면 될 것 같아요. 딸이 있어서 참 좋으시겠어요." 말하면서 괜히 코허리가 찡하다.

세상에서 가장 아름다운 단어로 뽑힌 '엄마'란 말을 나는 별로 불러 보지 못했다. 어머니는 매우 편찮으셔서 늘 병원이나 집에 누워 계셨기 때문에 나와 함께 보낸 시간이 거의 없다. 그마저도 내 나이 일곱 살 초여름에 돌아가신 후로는 '엄마'는 입 안에서만 부르는 간절한 이름이 되었다. 그래도 생의 갈피에서 어려움에 부닥칠 때마다 불쑥불쑥 튀어나온 이름은 대답을 기대할 수도 없는 스물아홉 '엄마'였다. 지금은 얼굴도 기억나지 않는 젊디젊은 우리 엄마.

부르고 싶은 이름이 '어머니'라면 갖고 싶은 이름은 '딸'이다. '딸'이란 단어는 얼마나 사랑스러운가. 그러나 나에게는 없는 이름이다. 어머니를 여의고 많은 어려움을 겪으며 자란 나는 내 자식들을 편하게 키우고자 최선을 다했지만 늘 아쉬웠다. 그래도 과묵한 첫째와 상냥한 둘째로 아들이 둘이니 든든하기도 했다.

그런데 아이들이 다 혼인하고 부부만 남게 되면서 딸이 없는 외로움을 자주 느끼곤 한다. 딸에 버금가는 착하고 예쁜 며느리가 둘 있지만, 바쁜 그 아이들에게 시시콜콜한 내 고민을 길게 털어놓거나 가고 싶은 곳에 가자고 떼를 쓸 수는 없다. 더구나 맘에 들었다 안 들었다 하는 남편의 흉을 보며 스트레스를 풀 수는 더욱 없는 일이다.

친구 모임에서 자식들 이야기를 하다 보면 공통적인 얘기가, 아들은 혼인하고 나면 며느리의 남편이고 손자들의 아비로 생각하고 다른 기대는 말란다. 부모보다는 그쪽이 훨씬 중요해서 잊은 듯 살아야 집안이 편하다면서. 그렇지만 딸들은 혼인해서 사위의 아내가 되어도 내 딸에는 변함이 없어 좋다고 한다.

명절이나 생일이 지나면 딸 가진 친구들의 은근한 자랑이 이어진다. 용돈을 많이 받았다거나 새롭고 좋은 것을 사 왔다는 등의 자랑이야 부러울 것도 없지만, 딸과 함께 옥신각신하며 쇼핑을 하고, 찜질방에 가고, 손잡고 연극을 보는 스스럼없는 생활의 공유가 내겐 정말 부럽다. 딸은 엄마가 좋아하는 것과 싫어하는 것을 잘 알기 때문에 스스럼이 없지만, 아들은 아무리 자상해도 부모를 다 알기가 어렵고 안다 해도 함께하기엔 무리가 있으니까.

예술 활동을 하는 친구들의 경우에도 제 엄마의 소녀적 취미를 살려 주려고 거칠어진 엄마의 손을 이끌어 문화센터에 등록을 해 주는 것은 딸들이다. 그 엄마가 등단하여 책을 출판하거나 작은 전시회만 열어도 동네방네 자랑이 늘어지고, 가족들 모아 기념식을 주선하는 것도 대부분 딸이다. 태생적으로 과묵한 아들들은 속으로는 반가울지라도 쑥스러워서 나서지 못하는 경우가 많다.

요양병원에서 근무하는 동생 같은 문우가 말했다. 임종을 앞둔 환자들을 둘로 나누면 딸이 있는 환자와 없는 환자로 나눌 수가 있단다. 시신처럼 누워 있는 환자를 껴안아 얼굴을 부비고 울며, 몸을 닦아 주고, 환자복에 가려 보이지도 않는 예쁜 고급 속옷을 사다 입히는 것은 딸들이다. 물론 아들들도 오지만 잘해야 손을 잡아 주고 시트나 덮어 주는 정도란다. 임종 때는 더 다르단다. 아들도 아들 나름이고 딸도 딸 나름이지만 보편적으로 그렇다면서 언니는 딸이 없어서 불쌍한 사람이니 건강을 잘 챙겨야 한다고 했다.

그래도 내게는 손자 하나에 손녀가 둘이나 있다. 어려서 3년을 함께 산 큰 손녀는 늘 상냥하고 다정하다. 최근 매주 만날 수 있는 작은 손녀는 춤과 노래에 소질이 있어서 명절이면 언니와 함께 프로그램을 짜서 우리에게 걸그룹 춤을 추어 주곤 했다. 그러고 보면 나는 부르고 싶은 이름은 못 부르지만, 갖고 싶은 이름은 가지고 있는 셈이다. 손녀딸도 딸이니까.

쇼핑을 마친 세 모녀가 '엄마' 소리와 함께 시끌벅적 가게를 나선다. 휘고 구부러진 노인의 뒷모습 위로 석양이 차분히 내리고 있다. 아름답다.

나는 손전화로 멀리 있는 손녀의 전화번호를 누른다. 그 아이가 전화를 받기도 전인데 입가에 스르르 웃음이 장전된다. 곧 내 딸의 음성이 들릴 것이다. 행복하다. (2018)

진달랫빛으로 설레다

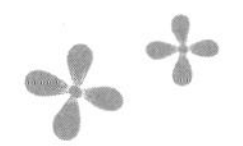

"앗, 뜨거!" 멸치를 볶고 있는데 손목이 따끔하다. 팔찌의 늘어진 고리 장식이 불길에 달궈진 것이다. 목걸이는 종종 해도 귀걸이나 반지 등, 몸의 장식을 거의 하지 않는 나는 조심한다면서 또 잊은 것이다.

이 팔찌는 직장 후배가 채워 준 것이다. K가 퇴임한 지 일주일쯤 될 무렵 잠깐 내려오라는 전화를 받고 아파트 현관으로 내려갔다. 차에서 내린 그녀가 작은 상자를 열더니, 다짜고짜 오른손을 잡고 팔찌를 채웠다. 여섯 개의 작은 구슬과 스물두 개의 더 작은 구슬들이 사슬로 연결된 가늘고 고급스러운 14k 금 팔찌다.

"왼쪽 손목에는 묵주를 차실 것이라 오른손에 채워 드리니,

빼시면 안 돼요." 하더니 필라테스 하러 갈 시간이 늦었다며 차를 타고 가 버렸다. 그리고 문자가 왔다. 자신이 정년까지 직장 생활을 잘하게 된 것은 모두 선배님의 덕이라 작은 선물을 마련했다면서…. 언니, 대모님, 계장님, 선배님, 선생님 등 그녀가 나를 부르는 호칭은 때에 따라 다양한데 그날은 선배님이었다.

그녀를 처음 만난 것은 삼십오 년 전 공주, 승진하면 외지 근무를 하는 관례에 따라 나는 그곳으로 발령받았다. 전에 몇 개월 근무한 적이 있는 공주로 가게 된 것은 다소 위안이 되었지만, 초등학생인 두 아이를 돌보면서 버스로 통근하는 일은 쉽지 않았다. 나중에는 승용차가 흔해졌지만 그때는 시외버스가 전부였으니까.

대전 동구에서 시내버스로 서부터미널까지 가서 시외버스로 갈아타고 한 시간, 공주터미널에 내려 걸어서 또 이십오 분. 아무리 빨리 움직여도 두 시간이 훌쩍 넘는 출퇴근 시간은 길고 힘들었지만, 그곳에서의 생활은 나쁘지 않았다. 직원 수도 많지 않아서 가족 같은 분위기였다.

K는 시험을 거쳐 입사한 정규직원이 아니었다. 요즘 같으면 비정규직인 셈이어서 결혼을 앞두고 퇴사하라는 압력을 받았

다. 윗분의 입장에서는 그녀가 그만두면 자기와 가까운 다른 사람 하나를 취업시키고 생색을 낼 수가 있을 터이므로 그랬던 것 같았다. 드러내 놓고 말하지는 않았지만, 정규직 여직원도 결혼하면 은근히 퇴직을 권하던 시기여서 대부분 임시직 여직원들은 결혼과 동시에 직장을 그만두었다.

그러나 형편이 넉넉지 않았던 K는 선뜻 퇴직하지 못했다. 야박한 상사는 그녀가 신혼여행에서 돌아오기도 전에 책걸상을 치우고, 앉을 자리마저 없애 버렸다. 그러다 집안 행사에서 만난 힘 있는 친척이 안부를 묻기에 그 이야기를 했단다. 그리고 전화 한 통이 윗분께 걸려 왔다. 웃기는 일은 그다음 날 아침부터 바뀐 상사의 태도였다. 그녀의 자리를 다시 마련했음은 물론 '더 필요한 것은 없느냐?'며 겉으로는 굽실거리면서 눈총은 오히려 심해진 것이다.

그 무렵, 그곳에 발령을 받고 부임한 것이 나였다. 대전에서는 이미 다수의 기혼 여직원이 있었고, 공주의 직원 대부분이 나를 알고 있었으므로 나는 당당하게 근무했다. 정말 우연히 내가 K의 얇은 가림막이 되어 준 것이다. 우리는 둘 다 대전에 살아서 출퇴근길을 함께한 데다가, 잘 웃고, 잘 우는 감성적인 성격이 비슷해 쉽게 친해졌다.

한번은 관서에서 구두를 닦던 소년이 집세를 못 내서 가족이 거리에 나앉게 되었다는 절박한 사정을 듣고, 둘이 어렵게 돈을 마련해 주었다. 그런데 그 소년이 잠적해서 낭패를 보기도 했다. 걸인을 도우러 간 자리에서 서로 마주친 적도 있을 정도로 우리는 생각과 행동이 비슷해 자꾸 정이 들었다.

공주 오일장이 서는 날은 점심시간에 시장 구경을 하고 장터 난전에 나란히 앉아 잔치국수를 먹으며 눈을 맞추었다. 늦가을 어느 날은 퇴근길에 산 고추 포대를 버스에 싣고, 중간 정차장에 내려 각자 가져가기로 했다. 그런데 내가 졸다가 하차를 못 하는 바람에 그녀 혼자 커다란 고추 포대 세 덩어리를 껴안고 길에 남겨진 적도 있었다. 고추 포대들과 동그마니 혼자 남겨져 쩔쩔매던 그녀의 모습을 이야기하면, 우리는 지금도 배꼽을 잡는다. 몸은 고달팠지만, 많이 웃고 마음이 여유로웠던 날들이었다.

내가 그곳을 떠난 지 이 년 후, K도 정규직이 되어 대전으로 발령받았다. 그 후로 오늘까지 그녀는 늘 내 생일을 챙긴다. 어떨 때는 나 자신도 잊어버린 생일에 선물이 도착해 놀라는 일도 있었다. 아무리 생각해 봐도 서로 의지하고 어려운 시간을 잘 넘겼을 뿐 내가 특별히 잘해 준 것은 없는데 정이 많은 그녀 덕에 내가 늘 기쁘다.

손전화가 울린다. K다.

"대모님, 화장품 떨어진 것 있으세요?" 이번에는 대모님이란다.

이런 전화가 온 걸 보니 또 생일이 다가오나 보다. 나는 말려도 소용없을 것을 잘 알기에 주저 없이 대답한다.

"진달랫빛 립스틱."

"예, 접수합니다. 모레 뵈어요."

사람끼리의 인연은 생각하기 나름인가 보다. 내가 스쳐 지나간 인연으로 넘겼던 일들을 잘 간직한 그녀 때문에 나는 오늘도 행복하다. 그녀는 줄 사람이 있어서 오히려 감사하단다.

남들이 찾기 어렵다는 행복을 K는 참 쉽게도 보내 주고, 나는 편하게 받는다. 손목의 금팔찌와 진달랫빛 립스틱으로 화사해질 자신을 생각하며 철없이 마음이 설렌다. 내 곁에 이처럼 좋은 사람이 있다는 것은 얼마나 감사한 일인가.

나도 누군가에게 이런 사람이 되고 싶다. 진달래 꽃잎 위로 내리는 사월 햇볕처럼 따스한 사람으로 기억되면 정말 좋겠다.

(2018)

눈물의 십자가

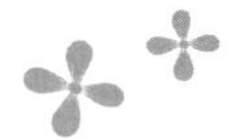

십자가를 보았다. 울퉁불퉁한 바위 끝에 아슬아슬하게 그러나 또렷하게 보이는 눈물의 십자가를…. 태풍 솔릭이 제주에 접근 중이라 빨리 추자도를 떠나야 했으므로 가깝게 다가가지 못하고, 황경한(黃景漢)의 묘 앞 정자에서 보았다. 카메라 렌즈로 당긴 하얀 십자가는 파란 바다를 배경으로 바르르 떨려 보였다. 그 위로 젖도 안 떨어진 아들을 바닷가 바위 위에 내려놓는 정난주 마리아, 그리고 젊은 나이에 세상을 떠나신 내 어머니의 얼굴이 겹쳐 흔들렸다.

황사영(黃嗣永)[4] 알렉시오는 다산 정약용의 맏형 정약현의 딸 정난주(丁蘭珠, 본명 命連)와 혼인하여 1800년 아들 경한을 낳았다. 1801년 백서(帛書) 사건으로 체포되어 11월에 서소문 밖에서 순교했다. 그에 관련하여 홀어머니는 거제도로, 아내는 제주도로, 외아들은 추자도로 각각 유배되어, 명문가였던 가문은 하루아침에 풍비박산 나고 말았다.

남편을 잃은 마리아는 젖먹이를 안고 유배의 길을 떠났다. 자신은 신앙의 힘으로 견뎌 낸다 해도 아들의 장래가 걱정이었다. 두 살이 안 된 어린아이란 이유로 사내아이지만 간신히 처형을 면한 아들이니 언제 다른 명령이 내릴지 모른다. 또 운 좋게 살아남아도 자자손손 노비로 살아야 한다.

현명한 그녀는 생각 끝에 호송선의 뱃사공과 나졸들께 부탁하여 아기를 하추자도 예초리(禮草里) 서남단 바위에 내려놓고 제주도로 떠난다. 나졸들은 뱃길에서 아이가 죽어 수장(水葬)했노라고 보고함으로써 일은 무사히 마무리되었으나, 어미의 눈에 마지막으로 담긴 바위 위에 놓인 아들의 모습은 평생 가슴에 박힌 대못이었을 것이다.

---

4 황사영(1775-1801): 신유박해로 주문모 신부와 많은 신자들이 처형되자, 배론의 토굴에 숨어 자신이 겪은 박해 상황과 조선교회의 재건, 그리고 신앙의 자유를 획득할 방안에 대하여 길이 62㎝, 너비 38㎝의 흰 비단에 13,311자를 깨알 같은 붓글씨로 적어, 북경의 주교에게 전달하려 하였으나 사전에 발각되어 순교하였다.

다행히 아기는 오씨(吳氏) 성을 가진 어부의 손에 의해 거두어졌다. 입고 있던 저고리 동정에서 나온 이름과 생년월일에 의해 그가 바로 황경한임을 알게 되었으나 오 씨의 아들로 키웠다. 경한은 장성하여 두 아들을 두었는데, 그 후손이 지금도 추자도에서 살고 있다고 한다. 해서 추자도에서는 오씨와 황씨가 결혼을 하지 않는 풍습이 내려온단다. 그러나 추자도와 제주도라는 가까운 거리에서도 눈물의 모자는 서로 그리워만 했을 뿐 생전에 한 번도 만나지 못하였다.

1900년에 파리 외방전교회 라크루(Lacrouts, 具瑪瑟) 신부가 추자도를 왕래하던 중 우연히 황경한의 손자를 만나 전후 사정을 알게 되었다. 그는 본국에 서한을 보내 순교자 황사영의 아들 경한과 그 후손들의 생활을 알렸다. 1999년 천주교 제주교구는 제주 선교 100주년 기념사업의 일환으로 하추자도에 있는 황경한의 묘소 주변의 부지를 매입하여, 작은 공원을 조성하는 성역화를 추진하고 경한이 놓여 있던 바위에 십자가를 세웠다. 이것이 눈물의 십자가다.

내 어머니는 유방암이 재발하여 스물아홉에 돌아가실 때 아주 말짱한 정신이셨단다. 일곱 살과 두 돌이 채 안된 딸을 남기고 운명하시면서 옆에 있던 시누이에게 간절한 당부를 하셨단다.

"저세상에 가서도 형님 은혜를 꼭 갚겠으니 제 아이들을 잘 키워 주세요."

운명하는 자신을 안고 있던 남편이 아닌 시누이에게 자식을 부탁하신 까닭을 나는 알 수 없다. 하지만, 아버지가 아내 잃은 슬픔에서 벗어나 새 삶을 시작하기까지 15년이나 걸린 것을 보면, 아내를 잃은 남편의 방황을 미리 짐작하고 계셨던 모양이다.

어머니의 간절한 유언 덕으로 우리 자매는 고모 내외의 각별한 보살핌을 받았으나, 동생은 전쟁 중에 어머니를 따라갔다. 태어나서도 병환 중인 어머니는 젖을 먹일 형편이 아니어서 미음과 병 우유로 연명하던 허약한 아이다. 피난길에서 아이가 먹을 수 있는 특별한 음식이 있을 리 없었다. 쌀은 물론 어린아이를 위한 대체 식품을 구할 길도 없었다. 어른들도 보리쌀 한 주먹 넣고 한 솥을 끓인 맹물 같은 채소 국물 한 그릇으로 하루를 지내던 시절이었으니까.

밤낮없이 칭얼대고 울었으나 병원이나 약방은 꿈도 못 꾸고, 고모와 어른들의 등에 업혀 살았던 그 아이. 뼈만 남은 몸과 퀭한 눈망울이 지금도 기억에 남아 가슴을 먹먹하게 한다. 그래도 개구리를 삶은 뽀얀 국물과 뒷다리 살을 갈아 먹이며 정성껏 돌보던 어른들의 수고도 헛되이 피란길에서 돌아온 지 며칠이 안 되어 우리 곁을 떠났다.

어른들은 가엾다 하면서도 차라리 잘된 일이라고 했고, 철없는 언니인 나는 죽음이 무엇인지도 모르는 채 동생을 잊었다. 성년이 되어서야 대동 산번지 애장터를 찾았으나 산자락 가득 판자촌이 형성되어 찾을 길이 없었다. 그저 여기쯤이지 싶은 곳을 더듬어 눈물 몇 방울로 흙을 적시고 돌아왔을 뿐, 우리를 두고 떠나신 어머니의 심정은 헤아리지도 못했다. 내 어머니의 마음도 정마리아와 다를 리 없었으련만.

들려온 소식에 의하면 우리가 추자도를 떠났던 그날 밤, 눈물의 십자가는 태풍 솔릭의 높은 파도와 강한 바람에 쓸려 그 바위에서 사라졌다고 한다. 그러나 아들을 향한 정난주 마리아의 십자가는 사라지지 않을 것이다. 어린 딸들을 두고 이승을 떠나셨던 어머니의 젖은 눈물

이 내 마음속에 남아 있듯이….

어느 순간에서도 뜨겁고 강한 어머니의 사랑이 자꾸만 생각나는 오늘, 스물아홉 내 어머니가 지고 가신 십자가가 하얗게 빛나고 있다. (2018)

굿바이~
오피!

2019년 2월 14일, 그녀에게 사망 선고가 내려졌다.

화성탐사선 오퍼튜니티 로버(Opportunity rover), NASA는 지난해 6월 이후 1,000여 회의 교신에도 응답이 없자 업무 종료를 선언한 것이다. 그녀가 잠든 곳은 화성 인내의 계곡, 거대한 폭풍에 실려 온 모래에 파묻혀 더는 눈을 뜨지 못했다. 과학자들은 오래 정든 그녀와 헤어지며 '굿바이 오퍼튜니티! 굿바이 오피!' 하며 존경과 아쉬움을 전했다.

높이 1.5m, 너비 2.3m, 길이 1.6m에 무게 180kg, 생각보다 크지 않은 몸체에 우뚝 솟은 안테나엔 동그란 눈처럼 보이는 몇 개의 카메라가 부착되었다. 어찌 보면 앉아 있는 커다란 잠자리 같다.

태양광 발전을 통한 전력으로 작동하며, 평평한 몸체를 떠받치고 있는 6개의 다리에는 각각의 모터를 장착한 바퀴가 달렸다. '오피'라는 십 대 소녀의 애칭으로 불리는 그녀는 NASA의 과학자들에 의해 원격 조정되지만, 화성에서 즉각적으로 맞닥뜨리는 상황에선 어느 정도 자동 조정도 할 수 있도록 설계되었다고 한다.

화성(火星)은 지름이 지구의 반 정도에 표면 대기 온도가 평균 영하 23℃로 추운 행성이다. 두 개의 위성을 거느렸고 공전주기 약 687일인 태양계의 네 번째 별. 구름, 산맥, 산, 계곡, 사막으로 이루어졌으며, 아직 생명의 흔적을 찾지 못한 곳이다. 암석과 모래와 바람뿐인 그곳에서 홀로 주어진 명령을 수행하느라 눈을 부릅뜨고 발발거리며 돌아다녔을 오피를 생각하면 마음이 쓸쓸해진다.

넓디넓은 모래언덕 아래 홀로 찍힌 독사진을 본다. 골짜기에서, 산 아래서, 또는 자신이 남긴 바퀴 자국 앞에서도 그녀는 늘 혼자다. 그 작은 것이 친구나 친척은 물론 풀 한 포기, 나무 한 그루 없는 삭막한 그곳에서 어떻게 15년을 버텼을까.

그녀는 2004년 1월 24일 낙하산과 에어백을 이용해 화성의 메리디아니 평원에 착륙했다. 케네디 우주센터에서 발사된 지

7개월 만이고, 쌍둥이인 스피릿이 화성 반대편에 도착한 지 20일 뒤다. 스피릿도 자신의 책임을 다하고 2009년 모래에 묻혔다.

당초 오피의 임무 수행 기간은 90일 정도였다. 그러나 슬기로운 활약으로 임무가 연장돼 15년 동안 45.16㎞를 이동하며 화성을 탐사했다. 그동안 100개가 넘는 충돌 분화구를 조사했고 엔듀런스와 빅토리아 분화구에서 기반암과 사구를 조사하기도 했다.

인데버 분화구에서는 화성에 물이 있었던 흔적을 최초로 발견하기도 했다. NASA에 의하면 그녀는 활동 기간 15년 동안 21만 7천여 장의 이미지를 지구로 전송했다. 그 기록은 수많은 우주 탐사선 중에 단연 으뜸이며, 당분간 그 기록은 깨어지지 않을 것이라고 한다.

그녀 사망 1개월 후 NASA는 오피의 유작을 공개했다. 2018년 5월 13일에서 6월 10일 사이에 찍은 354장의 사진을 파노라마로 엮은 것이다.

화성에서의 탐사가 순탄한 것만은 아니었다. 때론 모래에 묻혀 교신이 두절되었다가 극복된 때도 있고, 앞바퀴 조종 장치가 사라지기도 했다. 히터가 고착되어 전력을 제한하기도 했다.

플래시 메모리를 사용하지 못하는 우여곡절도 있었다. 하지만 그녀는 장애를 딛고 꿋꿋하게 탐사를 이어 갔다. 사진을 보면 앞바퀴가 사라진 상태에서도 땅을 파고 있는 그녀가 보인다.

탐사선의 사진과 동영상을 본다. 착륙했을 때 자신을 감싸고 있던 에어백을 벗고 맨몸을 드러내면서 카메라로 사방을 돌아보던 귀여운 모습. 지구로 보내온 둥근 암석의 사진, 지면을 헤치고 휘돌아 나가는 회오리 먼지바람, 화성 지표면에 남겨진 스스로의 외로운 발자국, 그녀가 마지막에 보내온 것은 모래 알갱이 같은 검은 어둠이었다.

미 항공우주국 행정관은 "오퍼튜니티와 같은 개척자가 있기에 훗날 우리의 용감한 우주비행사들이 화성 표면을 걷게 될 날이 올 것"이라 했다. 소식에 의하면 NASA와 유럽 우주국은 2020년에는 미생물 생명체 흔적을 찾기 위한 화성 탐사선을 보낼 예정이라고 하니, 오피의 죽음이 헛되지는 않을 것 같다.

출처 : 미국항공우주국(NASA)

수많은 과학자와 탐사선의 활약으로 인간은 언

젠가 그 땅을 밟게 될 것이다. 그리고 화성 '인내의 계곡'에 가서 온갖 악조건을 딛고 끝까지 임무를 수행한 오피와 만나 화성을 안고 도는 두 개의 달을 함께 볼지도 모른다.

오피는 저를 만든 과학자들의 바람을 충분히 달성했다. 그렇다면 만물의 영장이라는 인간은 저를 낳은 부모의, 더 나아가 저를 지어낸 신이 원하는 역할을 얼마나 잘 이행하고 있는가. 혹여 애초에 가야 할 길을 벗어나서 다른 방향으로 달려가고 있는 건 아닌가. 생각해 볼 일이다. 우선 나 자신부터…. (2019)

냉이꽃 한 다발

봄을 먹는다. 아침 밥상에 봄의 향기가 출렁인다. 베란다에 햇볕이 따스하고 천리향이 핀 이월, 뾰족이 올라오는 군자란 꽃 망울에서 살짝 봄을 만나긴 했어도 아직은 봄이 아니라던 내게 냉잇국 한 그릇이 탁, 쐐기를 박는다. 이제 진정 봄이라고.

수요일 아침 미사를 드리고 나오는데 요세피나가 작은 비닐 봉지 하나를 내밀었다.

"어제 밭에서 뜯었는데 끓이면 두 그릇이나 될지 몰라요."

고마웠다. 손수 뜯은 봄나물을 받았으니 강 건너서 달려오는 봄을 미리 선물 받은 것이나 다름없다.

겨울이라고 냉이가 나오지 않는 것은 아니다. 지구 온난화 현상으로 날씨가 춥지 않을뿐더러 하우스 재배로 한겨울에도 먹고 싶으면 얼마든지 사서 먹을 수는 있다. 그러나 그게 어디 새봄 들녘에서 캔 냉이와 비교할 수가 있겠는가.

요세피나, 언제부터 내가 그녀를 눈여겨보기 시작했는지는 잘 모른다. 창백한 얼굴에 냉이 꽃대처럼 가녀린 몸매로 늘 바지런히 움직인다. 앞서 걸어가는 뒷모습은 요즘 핫한 걸그룹 멤버처럼 날씬한데 나이가 적지 않고 누구에게나 상냥하다.

전교도 잘한다. 항상 다정하고 부지런하니 그의 행동을 본받고자 영세하는 사람도 있다. 영세한 지 40년이 되었어도 신앙에 자신이 없어서, 누구에게 "성당에 가자."라고 말 한마디 못하는 나와는 대조적이다.

봉사도 꾸준히 한다. 종합병원에서 환자들에게 발 마사지를 해 주거나, 안내도 하고, 성당 신심 단체에서도 활발하게 활동한다. 다른 곳에서는 문화재 해설도 한단다. 한 주일 내내 쉬는 날이 없는 것 같아서 힘들지 않느냐고 물었더니, 어려운 수술을 받고 사경을 헤맬 때, 살려 주시면 최선을 다해 봉사하겠다고 하느님과 약속했으니 지켜야 한단다.

남편을 사랑하는 마음도 남다르다. 한번은 남편이 차를 빼다가 실수로 나무를 들이받아 차 범퍼가 박살이 나서 돌아왔는데, 그녀는 남편을 끌어안고 엉엉 울었단다. 차가 당신 대신 다쳐

줘서 얼마나 고마운 일이냐며…. 과묵하고 믿음직한 남편과 밝고 싹싹한 아내, 나이 들어서도 봄처럼 사는 향기로운 부부다.

이른 봄 냉이된장국을 먹으니 국물에 자석이라도 들었는지 지난날의 추억이 주르르 딸려 나온다. 어릴 적에 동네 언니들을 따라 봄 들판에 나서면, 언니들은 여기 있네! 저기도 있네. 하면서 금방 바구니를 채우는데, 내 눈에는 냉이가 통 보이지 않았다. 어쩌다 제법 자란 냉이 같아서 캐어 바구니에 담으면 다른 풀이라고 타박해 기가 죽기만 했다. 황새냉이, 보리냉이, 지칭개, 나도냉이, 속속이풀 비슷비슷한 풀이 많기도 했는데 지금도 구별을 못 하는 건 여전하다.

나보다 예닐곱 살 위인 언니들은 냉이도 빨리 캐지만 나를 살짝 따돌리고 자기들끼리 이야기꽃을 피우며 간지럽게 웃고는 했다. 나는 질척거리면 다음에 안 데려올까 봐 그들과는 조금 떨어져 다니곤 했다. 그래도 언니들이 무슨 얘기를 하는지 대충 알 수 있었다.

마음에 둔 동네 오빠들 얘기라든지, 다른 도시서 시집온 학자네 새언니 얘기임이 틀림없었다. 버릇없는 새색시가 시어머니께 잘못한다는 등 흉을 보는 것이지만, 그것은 동네서 가장 잘생겨 인기가 높았던 학자 오빠를 뺏긴 서운함이 일으킨 질투 비슷한 것이었다. 내가 보기에도 그 새언니가 뛰어나게 예뻤으니까.

냉이의 추억은 또 있다. 공직에서 물러 나와 K 교수님께 시를 배우기 시작하던 때다. 학기를 마치고 선배들과 함께 시화전을 열었다. 나는 막 시작해서 아직 시가 무엇인지도 모를 때라 안 한다 했지만, 참여가 중요하다는 선배들의 설득에 어쩔 수 없이 시화 두 점을 걸었다. 하지만 내 시가 마음에 들지도 않았고 부끄럽기도 해서 친구 몇 외에는 가족에게도 알리지도 않았다.

그런데 시화전 둘째 날 어찌 알았는지 생각지 않은 친구가 냉이꽃 한 다발을 겨잣빛 아마포에 싸서 찾아온 것이다. 아침 일찍 들판에 나가 손수 베었다고 했다. 기품 있고 향기로우며 정성 가득한 선물에, 함께 있던 시인들이 모두 탄성을 질렀다. 꽃집에서 배달되어 온 예쁜 꽃다발이 많았지만, 그 어떤 꽃도 시적 발상을 가득 담아 온 냉이꽃다발과는 비교도 되지 못했다.

그 후 이십여 년 동안 글을 쓰고 여러 권의 작품집을 내면서 많은 꽃다발과 화분을 받았다. 오정시화전도 매년 열고 있지만, 내 첫 시화전을 풋풋한 향기로 채워 주던 냉이꽃 한 다발을 잊지 못한다.

그날의 꽃다발은 바로 시들었지만 내 마음속에선 봄마다 싱싱하게 피어나 나를 설레게 한다. 그 향기에 의지하여 나는 오늘도 시를 짓고 수필을 쓴다. 감사하다. (2020)

겸손과
교만의 차이

겸손이란 단어를 찾아본다. 사전에는 남을 존중하고 자기를 내세우지 않는 태도라고 되어 있다. 몰라서 안 하는 것이 아니고 알지만 내세우지 않는 것이 겸손이며, 다른 누구에게 기회를 주기 위해 물러나 주는 것도 겸손이다. 어떤 경우는 자기가 할 일을 과하지 않게 적당하게 처리하는 것도 겸손의 일종이라고 나는 생각한다.

코로나19의 영향으로 발이 묶인 사람들이 대부분의 시간을 집 안에서 보내게 되면서 자주 접하게 되는 것이 트로트 오디션이다. 연초에 모 방송국에서 시행한 〈미스터트롯〉이 큰 성공을 거두면서 입상자들이 이슈로 떠오르자, 다른 방송사들도 안 하면 큰 손해라도 난다는 듯 앞다투어 경연프로그램을 만들었다.

대충 생각나는 그것만 해도 수요일 〈트롯신이 떴다〉, 목요일 〈미스트롯 2〉, 금요일 〈트로트의 민족〉, 토요일 〈트로트 전국체전〉. 이외에도 수많은 방송사에서 트로트 경연을 한다. 유튜브서도 하고 있으니 가히 트로트의 천국이다.

누구는 우리 전통가요인 트로트가 활성화되니 좋다고 말하지만, 실상 전통음악인 판소리나 민요, 정가(正歌)[5]는 있는지도 모를 지경이 되었다. 심지어 빌보드차트 1위를 달리며 세계인을 놀라게 한 K-POP마저 국내에서는 트로트에 밀리고 있는 형국이다. 더구나 전통음악의 무형문화재인 분들도 트로트 경연에 참여하고 있어 전통음악의 맥이 끊어질 정도라 한다.

어젯밤에는 자다 깨다 하면서 어떤 경연을 보고 있었다. 절실한 마음으로 나온 참가자들이 트로트를 맛깔나게 부르는 것을 보며 속으로 손뼉을 쳤다. 저렇게 많은 트로트 가수들이 그동안 다 어디에 있었을까 생각하니 그들이 참 힘들었겠다 싶어

---

5 한국의 전통 소리 중에서 가곡(歌曲), 가사, 시조 등을 통틀어 정가(正歌)라고 부른다. 주로 양반들이 부르던 것으로, 절제되고 깊이가 있으며 긴 숨으로 부르는 예술성으로 전승되고 있는 노래다.

다들 좋은 성적을 얻기를 바라는 마음이었다. 하지만 어차피 경연이니 누구는 올라가고 누군가는 떨어져야 한다는 게 안타까웠다.

경연 중반쯤에 예쁘고 날씬하며 경력도 있는 참가자가 절절한 음성으로 노래를 불렀다. 음성은 물론 자세도 좋아서 기대하며 귀를 기울였다. 그런데 1절을 마친 그녀가 느닷없이 다른 음악에 맞춰 춤을 추기 시작했다. 그것도 부르던 노래와는 전혀 어울리지 않게 골반을 야릇하게 퉁겨 가며 섹시 댄스를 하는 것이 아닌가. 어이가 없는 일이었다.

어울리지 않는 반전에 심사위원들도 고개를 흔들면서 난감해하며 아무도 점수를 주지 않았다. 하지만 일부 경솔한 마스터들이 초반 노래만 듣고 버튼을 눌러서 예비후보가 되었다. 그녀가 다음에 추가합격이 될지도 모르지만, 나는 다음부터 그녀의 무대를 보고 싶은 마음이 없다. 경연에 참여했으면 신인의 마음으로 겸손한 자세를 보였으면 얼마나 좋았을까. 나는 춤도 잘 춘다는 것을 보여 주려던 교만함이 제 발등을 찍은 것이다.

신화시대에도 교만하여 벌을 받은 한 여인의 이야기가 있다.

테베의 왕비 니오베가 그 주인공이다. 아들 일곱과 딸 일곱을 둔 그녀는 늘 오만했다. 아들들은 모두 인물이 좋고 용감했으며, 딸들은 우아하게 아름다웠다. 잘난 열네 남매를 둔 니오베는 아폴론과 아르테미스 쌍둥이만 낳은 여신 레토를 깔보았다. 그녀는 가는 곳마다 자식 자랑을 하면서 레토 여신을 깎아내렸다. 심지어 매년 개최되는 여신과 그 자녀들을 기념하는 축제마저 방해하였다.

자존심에 상처를 입은 여신은 아폴론과 아르테미스를 불러 하소연을 하기에 이르렀다. 남편이 없는 것도 서러운데, 인간에게까지 모욕을 당한다면서. 어머니의 아픈 마음을 알게 된 남매는 울분을 참지 못하고 곧바로 응징에 나섰다.

예술과 궁술의 신 아폴론이 쏜 화살은 니오베의 일곱 아들을 차례로 쏘아 죽였다. 그 충격에 테베의 왕이자 니오베의 남편인 암피온은 스스로 목숨을 끊었다. 그래도 니오베는 딸 일곱이 남았다며 교만하게 굴었다. 그러자 사냥과 동식물의 여신으로 늘 활과 화살을 가지고 다니는 아르테미스가 날린 화살이 니오베의 일곱 딸마저 하나씩 쓰러뜨리고 막내만 남게 되었다.

그제야 니오베는 레토 여신에게 울며 애원했으나 마지막 화살도 이미 시위를 떠난 뒤였다. 교만이 남긴 참혹한 결과다. 그녀는 죽은 자식들과 남편 사이에 홀로 넋을 잃고 앉아 있었다. 엄청난 슬픔 때문에 정신을 놓은 것이다. 초점을 잃은 눈, 입천장에 달라붙은 혀, 혈관마저 굳어 버렸다. 그렇게 바위가 된 니오베의 눈에서는 눈물만 철철 흘러내렸다. 니오베가 변한 바위는 지금도 남아 있다고 하며, 그 바위에서 졸졸 흘러내리는 물은 아직도 멈추지 못한 니오베의 눈물이라고 한다.

그런데, 나는 왜 이런 글을 쓰고 있을까? 내가 경연에 나왔던 참가자의 절실한 마음을 제대로 알고 있는가. 그녀가 교만하다고 비난할 자격은 어디서 받았는가? 신화 속의 니오베는 한때 제우스의 사랑을 받아 자식을 낳은 레토 여신에 대한 콤플렉스가 있었을지도 모른다. 더구나 왕비 헤라 여신이 낳은 자식들보다 지위가 높은 아폴론과 아르테미스에 대한 부러움 때문에 그랬던 것은 아니었을까?

사람을 마음대로 평가하는 것은 교만이다. 그러니 지금 쓰고 있는 이 글도 어쩌면 교만의 다른 이름이 아닐는지. 내가 빨리 고쳐야 할. (2020)

3부

추억은 늙지 않는다

프랑스 속담에 젊은이는 희망에 살고, 노인은 추억에 산다는 말이 있는데, 내게는 종종 추억이 현실보다 선명할 때가 있다. 오늘이 바로 그런 날이다. 늙을 줄 모르는 추억이 환하게 되살아난 날.

맹자(孟子)를 만난 날

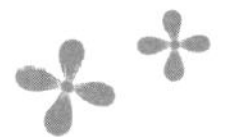

맹자의 성선설을 좋아한다. 그렇다고 그 학문을 깊이 알지도 못하지만 그런 학설이 있다는 것 자체가 나는 좋다. 어렵고 힘든 삶의 강을 건너면서 늘 가슴에 품고 사는 단어, 사랑·희망·행복도 결국은 거기서 파생된 것으로 생각한다. 물론 그 이면에 증오·절망·고통이 없는 것은 아니지만, 그래도 이 멋진 단어 셋을 친구로 둔 사람들의 세상은 얼마나 아름다운가.

사랑, 이보다 덩치 크고 속 깊은 친구가 있을까? 사춘기 무렵에는 이성 간에 있는 것이라 여겨 퍽 조심스럽게 대하는 친구. 성장과 더불어 러닝메이트로 함께 커 가는 친구다. 이름만 살짝 부르고도 얼굴 붉히던 시기를 지나 성인이 되면 그 폭이 급

격하게 넓어지는 친구다.

나 자신에서 가족, 더 나아가 세상 모든 것에까지 범위가 확대되면서 참사랑과 미운 사랑이 생기고, 베푼 만큼 받고 싶은 거래 비슷한 감정까지 곁가지로 생기게도 하는 친구다. 그러나 나이 들수록 미운 사랑은 사라지고 누구에게나 좋은 것을 나누고 싶게 하는 아름다운 친구다. 그만큼 그의 가슴은 넓고 모습은 곱다.

희망, 그의 얼굴을 못 본 사람은 있어도 한 번 본 사람은 없을 것이다. 내게 어려움이 닥칠 때 내 손을 잡고 등 두드려 일어나게 하고, 성공에 들떠 있을 때도 그게 다 내 덕이라고 거들먹거리며 나서지 않으니 얼마나 좋은 친구인가?

또 제가 어렵다고 손 내미는 일도, 진흙탕 개울에 빠져 허우적거리며 상대를 안타깝게 하지도 않는 친구다. 멀리 있는 듯해도 늘 내 눈앞에 있는 착한 친구다. 판도라의 상자에서도 열리자마자 성급하게 빠져나오지 않고, 밑바닥에 다소곳이 남아 끝까지 제 역할을 다한다는 친구가 아닌가.

행복, 앞에 두 친구만 있으면 빠질세라 덩달아 따라오는 친구다. 그의 얼굴은 늘 밝고 맑으며 웃음과 감사를 동반한다. 즐겁고 기쁜 곳은 물론이고 슬프고 아픈 곳에서도 꼬마전구처럼 반짝반짝 빛나다가 결국은 제가 머무는 곳 전체를 환하게 만드는 친구다.

그를 느끼지 못하는 사람은 있어도 그의 손을 먼저 놓아 버린 사람은 드물 것이다. 그는 때와 장소를 가리지 않고 늘 따스한 마음 한 보따리를 주변에 펼쳐 놓는다. 감사나 사례는 애초에 바라지도 않는다.

오늘은 혼자서 국립공원 산행을 나섰다. 그런데 미리 약속하지도 않은 저 멋진 친구 셋을 산책로 철재 다리 위에서 한꺼번에 만났다. 계룡산 수통골, 계곡 옆길로 올라갔다가 내려오던 중에서다. 폭 1m 내외에 길이 12m 정도의 다리 앞에 이르렀을 때였다.

젊은 엄마와 이제 막 걸음마를 시작한 듯 보이는 병아리 같은 아기가 〈곰 세 마리〉를 부르며 방울처럼 걸어온다. 앙증스러운 몸매에 발이 땅에 닿는 느낌이 이상해서 그런지, 한쪽 발이 땅에 닿자마자 얼른 발을 떼고 다른 발을 놓는 모습이 얼마나 귀여운지 나도 모르게 얼굴에 웃음꽃이 핀다. 그런 걸음걸이로 엄마 손을 잡고 철재 다리를 건너는 모습이 천사가 따로 없다.

이 아이는 엄마와 가족의 희망이자 행복 자체일 것이다. 그런데 그들이 중간쯤 왔을 때, 엄마가 뜬금없이 한 손으로 계곡 사진을 찍는다. 엄마가 사진에 집중하는 순간, 아기가 엄마 손을 놓친 듯 휘청하며 넘어진다. 난간 쇠줄의 아래쪽 간격은 50㎝ 정도, 아기가 그 아래 계곡으로 굴러떨어질 것이 뻔한 순간이다.

맞은편에서 다리 입구에 발을 들여놓던 나는 무의식적으로 '악!' 소리를 지르며 앞으로 달려 나갔다. 하지만, 아기와의 거리가 너무 멀다. 그런데 다행하게도 그들 뒤에서 걷던 청년이 앞으로 달려 나오며 낚아채듯 아기를 끌어안는다. 순식간에 일어난 일이다.

나는 팽팽했던 긴장감에 힘이 빠져서 주저앉는데, 아이 엄마는 별로 놀란 기색도 아니다. 셔터 누르기에 집중하느라 아기가 넘어진 것만 알지 그곳이 계곡 위의 다리고, 가로 철선의 공간이 넓어서 상당히 위험했다는 느낌은 없는 눈치였다. 놀란 건 아이를 구한 청년과 옆에서 그 모습을 본 나였다.

얼굴이 벌게진 청년의 품에서 아기는 재미있는 게임을 한 듯 까르르 웃는다. 그 청년이 아기의 모습을 눈여겨보며 뒤에서

오지 않았더라면, 4m 높이의 물도 없는 계곡 바위에 떨어진 아기는 어찌 되었을까? 생각만 해도 끔찍하다. 나도 모르게 두 손을 가슴에 모았다.

청년은 숨을 다스리고 아기 얼굴을 손가락으로 만지며 미소 짓더니 엄마에게 안겨 주고는, 말없이 등산로를 따라 산으로 올라간다. 나는 주책없이 화가 나서 "새댁, 위험한 곳에 아기를 데리고 왔으면 조심을 해야지. 저 청년 아니었으면 오늘 큰일 날 뻔했잖아요. 사진이 뭐가 그리 중해요?" 툭 쏘아 주고 계곡을 내려왔다. 내 일도 아니면서 한참이나 흥분이 가시지 않았다.

가족과 사회의 희망인 아기, 그 아기를 위험에서 구한 낯선 청년의 사랑, 그것을 바라보는 나의 안도와 행복. 앞으로 그 아기로 인해 이어질 새로운 기쁨은 또 얼마나 클 것인가. 모르긴 해도 오늘 추락에서 벗어난 아기는 가족과 나라의 희망으로 잘 성장할 것이다. 낯선 아기가 위험에 처할 때 몸을 던져 안아 올린 그 청년처럼 멋진 어른으로….

오늘도 맹자의 성선설(性善說)은 순자의 성악설(性惡說)을 이겼다. 희망과 사랑 그리고 행복의 손을 놓지 않는 사람들의 본성은 늘 선하다. 비록 약간의 부족함이 있다고 할지라도….

(2021)

추억은
늙지 않는다

마주 오던 어르신이 반갑게 손을 잡는다.

"혹시, 성수 엄마 아니신가? 나 영재 엄마야. 우리가 저 집에 살았잖아. 성수네는 이 아랫집에 살았고…."

손가락 끝이 가리키는 집. 내가 젊어서 살던 집과 마주 보이는 일자형 붉은 기와집이다. 영재 엄마, 틀림없는 그분이다. 자세히 바라보니 여든을 넘긴 연세지만 동글한 눈매며 부드러운 입모습, 단아한 몸집이 한눈에 들어온다.

"어머, 아줌마, 이게 얼마 만이에요?"

우리는 와락 얼싸안았다. 나는 이 동네 단칸방에서 첫 살림을 시작했다. 그 집에서 1년을 살고 영렬탑 정문 앞에 있는 집으로 이사했다. 집은 허술했지만 기억자형 기와집으로 마당이 넓고, 주인과 우리가 방을 두 칸씩 쓸 수 있는 나름 괜찮은 집이었다.

영재 엄마는 우리 집주인 아줌마와 단짝으로 많은 도움을 주셨다. 아이들을 예뻐해서 자주 업어 주고 간식도 만들어 주셨다. 일요일이면 내가 집안일을 하도록 아이들을 자기 집에 데려가서 돌보기도 하셨다.

어느 날은 작은 아이가 그 집 화문석 돗자리에 설사해서 엉망이 되었지만, 예쁜 놈 똥은 냄새도 곱다면서 실수한 아이를 껴안고 뽀뽀하고 또 하셨다. 그뿐인가, 당시 여고생이던 영재가 예쁘다고 안아 주면 고사리 같은 손으로 가슴을 더듬어서 어린 아가씨가 질색한 적도 있었다.

나는 인덕이 많았다. 첫 집, 둘째 집을 합해 8년의 셋방살이를 했어도 동생처럼 아껴 주는 안주인들 덕으로 집 없는 설움을 전혀 모르고 살았다. 동네 사람들은 물론 탑을 돌보시던 할아버지까지도 우리 아이들만은 탑 공원 안에 들어가 놀게 하셨다. 꼬마 형제는 어른께서 가르쳐 주신 대로 나란히 서서 탑을 향해 거수경례하고 놀았다.

내가 퇴근하고 골목길을 올라오면 연년생 두 아들은 탑 정문 계단에 석양을 등지고 앉아 있다가 "엄마, 엄마" 하며 뛰어와 안

기고는 했다. 가난했고, 바쁘고, 힘들었지만 나는 젊었고 아이들은 건강했던 행복한 날들이었다.

우리는 큰아이가 유치원에 다닐 무렵에 이 동네와는 멀리 떨어진 동구에 작은 슬래브 집을 사서 이사했다. 그리고 두 곳을 더 돌아서 35년 만에 다시 이 동네로 온 것이다.

우리가 걷고 있는 이 공원은 영렬탑(英烈塔)이 있던 자리다. 1942년 일본의 조선총독부가 기초를 쌓고, 해방 후 충남도민이 성금을 모아 탑을 세우고, 6·25 전몰장병의 위패를 모셨던 곳이다. 국립대전현충원이 생기기 전까지 대전에서는 국가적 추모행사를 늘 이곳에서 했다. 그러나 2009년에 전몰장병의 위패가 보문산 보훈공원으로 옮겨지고 새로운 영렬탑이 세워지자, 버려진 탑으로 몇 년을 남아 있다가 20여 채의 주택과 함께 해체되었다. 그 주택 중에는 내가 신접살림을 차렸던 집도 있었다.

다행히 두 번째 살던 집은 공원 바로 앞에, 새로 난 길 아래에 남아 있다. 푸른 지붕에 몇 개의 붉은 기와가 섞였고 구조를 약간 변경하였을 뿐 아직은 건재하여 산책할 때마다 그 집을 들여다본다.

하얀 기저귀가 눈부시게 펄럭이던 빨랫줄, 아이들이 2인용 세발자전거를 타고 내달렸던 넓은 마당이 보인다. 젊은 우리 부부와 해맑기만 한 눈이 큰 아이들 모습도 생생히 느껴진다. 지금은 없어진 마당 한쪽에 있던 수도며, 큰아이가 뛰어내리다 팔이 부러졌던 댓돌이 생각난다.

여름밤이면 주인집과 우리 가족이 모여 수박을 먹으며 많이도 웃었고, 반찬 한 가지도 나누어 먹던 잔정이 훈훈했다. 긴 장맛비에 장롱 위의 천장이 새는 것을 몰라, 혼수 이불이 흠씬 젖어서 속상했던 일도 어제인 듯 선명하다. 하지만 이 부근은 머지않아 주차장이 될 예정이라고 하여 서운하다.

예전엔 탑이 세워진 언덕(이쪽에서 보면 언덕이고 저쪽에서 보면 산이었다)을 경계로 남동쪽은 선화동으로 평범한 사람들이 살았고, 북서쪽은 전쟁 통에 조성된 산동네 빈민촌으로 용두동이었다. 비탈지고 좁은 골목이 이리저리 나 있고, 공동수도와 공동화장실을 사용했다. 해서 길은 늘 질척거렸고, 악취가 코를 찔렀다. 그래서 선화동 사람들은 용두시장에 볼일이 있어도 지름길로 언덕을 넘어가지 않고 먼 길을 빙빙 돌아서 다니곤 했다. 나도 그랬다.

지금 그 산동네엔 우리가 사는 아파트가 들어섰다. 그리고 영렬탑 일대는 5년의 정비 작업 끝에 '양지근린공원'이 조성되어 보름 전 개원했다. 덕분에 초등학교운동장을 돌던 나도 요즘은 쾌적한 산책로를 걷는다. 옛집을 바라보며 잊었던 추억을 하나하나 되새김질하면서….

영재 엄마도 이 동네를 떠난 지 오래신데, 여기 공원이 생겼다는 말을 듣고 궁금해서 오셨단다. 우리는 옛이야기를 나누며 함께 공원을 산책했다. 무궁화 무늬가 새겨진 계단을 올라 가장 높은 곳에 세운 옛 탑을 상징하는 조형물도 보았다. 사위와 저녁 약속이 있다며 다음을 기약하고 떠나시는 아주머님의 뒷모습은 밝은 노을빛이었다.

다정했던 사람 사이에는 세월도, 얼굴의 주름살도 중요하지 않았다. 오래전 함께 그려 넣었던 추억만이 곱디곱게 살아나 우리를 행복하게 해 주었을 뿐이다. 마치 찻잔 속의 마른 들국화가 천천히 피어나며 향기를 전하듯이.

프랑스 속담에 젊은이는 희망에 살고, 노인은 추억에 산다는 말이 있는데. 내게는 종종 추억이 현실보다 선명할 때가 있다. 오늘이 바로 그런 날이다. 늙을 줄 모르는 추억이 환하게 되살아난 날. (2017)

자발적 비혼모
(自發的 非婚母)

'처녀가 아이를 낳아도 할 말이 있다.'라는 속담이 있다. 풀어 보면 아무리 큰 잘못을 저지른 사람도 그것을 변명하고 이유를 붙일 수 있다는 뜻이다. 이 속담을 달리 생각하면 처녀가 아이를 낳는 일은 아주 잘못된 일이라는 의미도 된다. 이런 정서는 동서고금을 통해 이어져 왔다. 오죽하면 성서에도 요셉은 마리아가 약혼 중에 임신한 것을 알고 가만히 파혼할 생각을 하였겠는가.

그런데 처녀의 몸으로 아이를 낳고도 축하를 받는 여인이 있다. 일본 도쿄 출신으로 우리나라에서 활동하는 방송인 '후지타 사유리'다. 몇 년 전 중국의 여성 CEO가 아빠 없이 인공수정으로 딸을 출산했다는 말을 듣고 놀랐는데 우리 주변에서도 그런 엄마를 만나게 된 것이다.

사유리는 대학 졸업 후 한국인 남자 친구와 사랑하다가, 헤어지고는 한국에 와서 활동하게 되었단다. 그녀는 순수하고 독특한 캐릭터로 많은 사랑을 받아 왔다. 그 인기 덕에 부모까지 우리나라 예능 프로에 출연한 적이 있는데 여유롭고 후덕한 분들이었다.

그런 그녀가 인공수정을 통해 아들을 낳아 화제가 되었다. 2020년 11월 4일에 일본에서 출산했는데, 결혼한 적도 없는 사유리가 갑자기 아이를 낳았다니 팬들은 남편에 대해 궁금할 수밖에 없었다. 그러나 그녀에겐 남편과 시댁이 없고, 따라서 아이에겐 아빠가 없다는 결론에 도달했다.

그녀가 밝힌 사연은 이렇다. 나이 42세가 된 그녀는 결혼 여부와 관계없이 아이만은 꼭 낳겠다고 생각하고 있었단다. 해서 지난해 초, 산부인과 검사를 했더니 자궁 나이가 48세 수준으로 더 늦으면 아이를 낳지 못할 수도 있다는 의사의 말에 마음이 급해졌단다. 그렇다고 사랑하지도 않는 사람의 아이를 낳을 수는 없어서 정자를 기증받아 아이를 낳기로 한 것이다. 아들의 이름은 '후지타 젠', 젠은 우리말로 '나의 전부'라는 뜻이란다.

MBC 〈라디오스타〉에 등장한 그녀는 당당하고 아름다웠다.

우리나라의 정서를 잘 아는 사유리는 이 일로 자신에게 쏟아질 악성 댓글과 더 나아가 연예계 은퇴까지 하게 될지 모른다는 각오로 아이를 낳았으며, 자신의 선택에 후회는 없다고 했다.

서양인의 정자를 선택한 이유에 대해서는 동양인이 기증한 정자는 한두 개뿐이라 선택의 여지가 없었단다. 정자를 선택할 때 기증자의 성인이 된 모습은 볼 수 없었지만, 아기 때의 얼굴은 볼 수 있었다. 그가 좋아하는 것들, EQ, IQ, 알레르기, 가족력 등의 정보를 토대로 했단다. 그녀는 선대로부터 내려온 질병과 가족력, 술, 담배를 안 하는 것을 원칙으로, 특히 EQ를 중요시했다고 한다.

얼마 전부터 사유리와 아들 젠은 공영방송인 KBS의 〈슈퍼맨이 돌아왔다〉란 육아 프로그램에 출연하고 있는데, 이제 8개월이 되는 젠은 둥근 얼굴, 둥근 몸매에 크고 동그란 눈을 가진 귀여운 아기다. 엄마가 얼마나 잘 챙겼는지 또래 아이들보다 체격도 월등히 크고 건강해 보였다.

엄마 사유리 또한 아들을 위해 무엇이든 할 수 있는 보통의 엄마와 다르지 않았다. 예쁜 엄마와 건강한 아들로 아주 사랑스러운 모자다. 따지고 보면 그녀는 남에게 아무런 해를 끼치지 않았다. 만삭의 몸으로도 사진 모델로 촬영에 응했던 그녀이고 보면 아들도 씩씩하게 잘 기를 것 같다.

아빠가 없는데 형제까지 없는 첸이 가엾어서 가능하다면 아이에게 형제를 낳아 주고 싶다는 그녀를 누가 미워할 수 있을까? 팬들도 그녀에게 악성 댓글을 다는 대신 축하하며 그 용기에 박수를 보내는 것을 보며, 세상이 참 많이 변했다는 것을 실감했다.

이십여 년 전 열두 살 연하인 청년과 늦은 결혼을 하는 지인을 두고 큰일이라도 난 듯 소란했지만, 그들은 주변의 반대 속에서도 결혼했고, 예쁜 아이를 낳아 잘 기르며 행복하게 살고 있다. 또 지금은 몇 살 연하의 남자와 결혼하는 일은 아주 흔한 일이 되었다. 그러고 보면 지금부터 다시 이십여 년이 지나면 아빠 없이 아이가 태어나는 일도 평범한 일이 되어 버릴지도 모른다.

나이가 차면 결혼해야 하고, 자식은 정상적인 부부 사이에서 태어나야 한다는 개념도 사라지고 있다. 가족에게 구속되기 싫어서, 사회가 받쳐 주지 않아 아이들 교육이 힘들어서, 자유롭게 즐기며 혼자 사는 게 편하다는 요즘 젊은이들. 그러면서도 외로움은 큰지 반려묘나 반려견을 자식처럼 사랑하여 그들의 엄마 아빠가 되어 살아가는 모습도 자주 본다. 이해는 되지만 왠지 서글프다.

그러고 보면 여성의 본질적인 모습으로 혼자서라도 아이를 낳아 잘 키우겠다는 사유리에게 손뼉이라도 쳐야 할 것 같다. 더구나 고학력에 높은 경제력을 가진 여성들의 비혼모에 대한 반응이 매우 긍정적인 상황이고 보면. 다만 젠이 자라서 느껴야 할 혼란함에 대하여는 걱정스러운 면이 없는 것도 아니다.

그러나 이렇게 의학에 의존해 후대를 이어 가다가는 수컷 없이 새끼를 낳는 아메리카 사막의 채찍꼬리도마뱀처럼, 인간도 자신의 염색체를 복제하여 후손을 두도록 변해 버리는 것은 아닐까? 아니, 어쩌면 엄마도 필요 없이 제조업체에서 생필품 생산하듯 기계가 아이를 생산하는 시대가 오는 것은 아닌지 갑자기 무서워진다. (2021)

빨간
화요일

평범한 가을 아침이다. 설거지를 마치고 혼자의 시간이 되었다. 오늘 하루도 다른 날처럼 지루한 듯 눈 깜짝할 사이에 지나, 많은 날 사이에 묻힐 것이다. 찻잔을 들고 베란다로 나갔다. 내려다보는 풍경 속에 가을이 급하게 빠져나가고 있다. 흠칫 허전하고 당황스럽다.

'가을이 벌써 지나고 있네. 아직 단풍도 못 보았는데….' 입속으로 우물거리다가 벌떡 일어나 11시 23분발 호남선 열차에 몸을 실었다. 평일이라 그런지 기차는 반 넘어 비어 있다. 가을걷이가 끝나 가는 들판이 빙그르르 기차를 따라 달려와선 소리 없이 뒷걸음치면 또 다른 풍경이 그 자리를 차지한다. 지난여름의 더위와 긴 가뭄 탓인지 가로수의 빛깔은 그다지 곱지 않았지만, 간간이 보이는 억새들의 춤사위는 새색시의 손길처럼 부드러워 보인다.

오랜만에 찾아온 정읍역은 4년 전에 왔을 때와는 많은 것이 달라져 있다. 기와지붕이던 단아한 역은 에스컬레이터를 설치한 현대식 건물로 바뀌었다. 역 앞에 있던 정읍사의 여인 석상과 동학혁명 농민상도 다른 곳에 옮겼는지 보이지 않는다. 다만 단풍잎 아래 등불을 들고 서 있는 정읍사 여인의 가로등만은 여전하다. 그마저 없었으면 얼마나 낯설었을까.

그해, 이곳에 다녀간 바로 다음 날, 정확히 2012년 10월의 마지막 날 새벽 2시경에 내장사 대웅전은 화재로 전소되었다. CCTV에 의하면 그 시간에 드나든 사람도 없었고, 전기난로 쪽에서 발화된 듯 보이지만 확실치는 않다고 했다.

TV에서 본 화재 당시의 불꽃은 곱디고운 단풍빛이었다. 대웅전 서까래와 기둥이 쓰러지며 치솟는 불길이 노랗고 붉었다. 촘촘히 걸린 연등과 석등, 진신사리 탑은 화기와 놀라움으로 한없이 비틀거렸다.

단풍이 절정인 시월의 마지막 밤, 대웅전이 이승을 하직하며 남긴 것은 스스로 사망신고를 하며 찍은 붉은 손바닥 도장이었다. 그리고 몇 가닥 까만 잔해가 사리인 듯 점점이 남았다. 한 개의 단풍잎이 되어 이별을 고한 내장사 대웅전. 그 새벽에 나는 〈붉은 수인(手印)〉이라는 시를 썼다.

너의 다비식은

불 먼저 지펴

옷자락 붉게 태운 후에야

내리고

흐르고

쌓이다

내 속에서 부스러진다

물속에 비친 고운 얼굴

차마 들여다보지 못한 채

팽팽한 하늘에 수인을 찍어

이승의 삶 매듭짓는다

잎맥같이 얽힌 속세의 인연 거두어

뜨거운 다비식 치르는

내장산 단풍

숨겨 놓았던 틈이 벌어질 때마다

한 점 한 점 드러나는 사리가 서럽다

그 내장사를 오늘 또 간다. 그때도 지금도 혼자 간다. 역 앞 버스정류장에서 낯선 사람들과 어울려 택시를 탔다. 입구가 가까워지자 풍악 소리가 들리고 붉은 단풍잎 커튼 사이로 사람들이 북적인다. TV 예능 프로그램에 출연했다는 엿장수의 가위질 소리가 신명을 끌어올린다.

입구에서 절 쪽으로 올라가는 들판 전체가 온통 붉고 또 붉다. 이곳 단풍은 가뭄과 상관이 없는 듯 촉촉해서 더 고와 보인다. 단풍이 아니라 붉은 바탕에 노랗거나 푸른 무늬를 놓은 비단 천이다. 내가 무슨 좋은 일을 했다고 이런 횡재를 하는가 싶어 공연히 민망스럽다.

2015년 8월, 대웅전은 3년 만에 외형과 내부 일부가 복원되었고, 하나하나 채워 가는 중이다. 지금은 '후불탱화 봉헌식'을 안내하는 현수막이 걸려 있으나 아직 단청도 되지 않아 언제쯤 완전한 복원이 이루어질지 알 수 없지만, 그 자리가 비어 있지 않은 것만도 감사하게 생각되었다.

호수 가운데 우화정(羽化亭)도 휑뎅그렁하던 옛 모습과는 다르게 예쁜 정자로 바뀌었다. 대웅전을 재건하면서 손질을 한 듯, 푸른 기와지붕과 자주색 난간이 물빛에 스미어 단풍 아래서 찰랑거리는 모습이 한 폭의 수채화다. 점심 대신 먹는 옥수수 알갱이까지도 단풍빛이니, 나는 붉음 속에서 붉음을 보며 열정을 삼키는 중인지도 모르겠다.

나른하고 무료했던 화요일을 붉은 화요일로 바꾸어 놓기까지는 불과 8시간이 걸리지 않았다. 그냥 집 안에 주저앉지 않고 기차를 탔던 게 정말 다행이다. 나는 그동안 이 핑계 저 핑계로 결단을 주저하는 일이 허다했다. 그런 우유부단한 성격 탓에 좋은 기회도 많이 놓쳤을 것이다. 이젠 남에게 해가 되는 일만 아니라면 하고 싶은 일에 주저하지 않겠다는 다짐을 스스로 해본다. 단풍이 준 선물이다.

돌아오는 기차 안에서 친구들에게 문자를 띄웠다.

"올해 내장산 단풍 지금 절정. 망설이지 말고 즉시 떠나세요."

기차 안에서 마시는 국화차 향기가 빨간 마음속을 통과하고 있는 화요일 저녁, 차창 밖으로 슬프도록 붉은 석양이 천천히 산등성이를 넘는다. 그리고 소리 없는 손길로 내 어깨를 감싸 안는다. 너도 고운 단풍이라며. (2018)

내가 설
자리

"앗, 이분이 왜 여기에?" 어느 단체의 행사 사진을 편집하다가 나도 모르게 튀어나온 말이다. 앞줄 중앙에 떡하니 앉아있는 뜻밖의 회원 모습이 나를 놀라게 한다. 평소 예절을 중시하고 사리 판단에 분명한 분이라 생각했는데 이런 면이 있다는 것이 참 의외였다.

대부분 단체 사진의 앞줄 중앙에는 그 단체의 회장과 전임회장 고문, 또는 협력단체의 임원이나 원로 등 그 단체를 대표할 만한 분이 앉는 게 보통이다. 수상식 사진에서는 수여자와 수상자를 앉히기도 한다. 더러 입회 일자나 나이와 관계없이 그 장르에서 뛰어난 실력이 인정되어 그 단체를 대표하므로 주변에서 모시기도 하지만, 아무나 앞줄 중앙에 앉지 않는다. 그런데 그는 전임회장도 원로작가도 밀어내고 자신이 이 모임의 대표인 듯 떡하니 앉아 있다. 왜 그런지 내가 부끄럽다.

단체 사진을 찍다 보면 이런 경우를 종종 본다. 대개는 전에 몸담았던 곳에서 장급의 위치에 있던 분이 퇴직한 후에, 예술단체에 들어오면 이런 행동을 하는 때가 많다. 전에 있던 직장에서 항상 중앙에 앉던 습관 때문인데 곧 자신의 위치를 파악하여 겸손하게 뒷자리로 물러나 분위기를 맞춘다. 누가 시키거나 어떤 규정이 있어서가 아니라, 선배는 선배답게 새내기는 새내기답게 자기 자리에 머무는 것이 가장 아름다운 것을 알기 때문이다.

사진에는 얼굴의 미와 추를 떠나서 그 사람의 성격이 보일 때가 많다. 실적이나 하는 일은 신통치 않으면서 형식적인 자리를 탐내는 사람이 있는가 하면, 당당한 실력이 인정되어 누가 보아도 중심인물이지만 겸손하게 뒤나 옆으로 물러나는 사람들도 많다. 사무실에서는 일도 제대로 하지 않고 요령이나 피우는 사람일수록 밖에서는 자신이 그 회사 일을 다 하는 듯이 떠벌리는 사람이 있지만, 진짜 일을 잘하는 사람들은 당연하게 생각해서 조용히 있는 것 같은 경우다.

귀가 많이 아프다. 뒷자리에서 성가를 부르는 음성이 어찌나 큰지 머리가 울려서 견딜 수가 없었다. 성량이 어지간하고 음정도 괜찮지만 나이가 들어서인지 음성에 쇳소리가 실려 주변 사람의 귀를 바늘로 찌르고 있다. 젊어서 성가대에 있었다고 자랑하는 그분이 노래하는 태도를 보면 성가대에서도 주의 인물이었을 듯하다. 합창은 남을 배려하지 않고 혼자 튀는 사람이 있으면 절대로 조화롭거나 아름답게 들리지 않기 때문이다.

안 올라가는 음정을 올리려고 안간힘을 쓰니 듣는 사람들 손등에 소름이 돋지만, 본인은 그저 자신의 큰 목소리를 자랑스러워한다. 그런 자부심이 다칠까 하여 아무도 그분께 듣기 힘들다는 말을 해 주지는 않는다. 멀리 앉은 사람들은 별 피해가 없으니 잘 부른다며 듣기 좋게 칭찬을 하지만, 그녀의 옆이나 앞자리에 앉은 사람은 미사가 끝날 때까지 죽을 맛이다. 해서 아는 사람들은 그와 가까운 자리, 특히 그의 앞자리를 피하는데 본인만 모른다.

자신의 능력에 맞게 음정을 조금만 낮추어 부르면 얼마나 좋을까. 다른 사람들은 능력이 없어서 어울려 부르는 것으로 여기는지, 혼자도 잘 부른다는 오만함이 날개까지 달아서 그녀를 외톨이가 되게 한다. 아무에게도 충고를 못 듣는 사람도 참 가

없은 사람이라는 생각이 든다.

모임에 가면 자기 말만 들으라고 설치는 사람도 있다. 참석 인원이 한 테이블이 넘으면 자연히 대화가 두셋으로 나뉘는 것이 보통인데, 굳이 지방방송을 끄고 자기 이야기만 들으라고 한다. 막상 들어 보면 별것 아닌 자기 자랑이고 아무도 동의하지 않는 얘기뿐인데 말이다.

자랑할 것이 없으면 남들이 궁금해하지도 않은 손자 손녀의 사진까지 꺼내 보이며 용돈을 얼마를 주었다거나 메시지가 왔다는 등 혼자 신이 난다. 그 모임에는 아직 미혼인 사람도 있고, 자식을 혼인시키지 않은 회원도 있는데 그들의 입장에는 전혀 관심이 없다. 그런 사람일수록 남이 이야기할 때는 딴전을 피우며 듣지도 않는 게 보통이다.

자랑이 끝난 후의 추가 메뉴는 다른 모임에서 자기 마음에 안 들었던 사람의 흉을 보며 말소리에 독을 품는 일이다. 그 말에 토를 달면 화살이 바로 그쪽으로 바뀌고 모임이 끝나고 나서까지 독설을 듣게 된다. 해서 싫어도 적당히 응대하지만, 잘못하면 말 벼락을 맞으니 가능하면 가까이 앉지 않는 게 상책이다. 어쩔 수 없이 앉는 때에도 대화는 하지 않으려 노력한다.

세상엔 잘난 사람도 많고 예쁜 사람도 많고 똑똑한 사람도 많다. 착한 사람은 더 많다. 그들 모두가 다 저 잘난 맛에 사는 것이 인생이다. 상대적으로 부족한 것이 있다고 여기며 스스로 그렇게 말은 하지만, 자신의 주변 환경 안에서는 자신처럼 사는 것이 최선이라고 여기며 산다. 그러고 보면 내가 이런 글을 쓰는 것도 사실 웃기는 일이다. 나는 그들이 아니고 그들 또한 내가 아니므로 그들이 내 맘에 들어야 할 이유는 없는 것이다.

주제도 모르고 단체 사진의 중앙을 차지하는 사람이나, 제 목소리에 혼자 취해서 송곳 같은 소리로 남의 귀를 찌르는 사람이나, 또 자기 말만 내세우며 설치는 사람이나 다 각자의 위치에서는 그것이 최선이라 여겨서 그리 행동하는지도 모른다.

그렇다면 나는 적당한 위치에서 적당한 행동으로 많은 인간관계에 잘 적응하고 있는지 새삼 살펴볼 일이다. 아무래도 나는 지금 내 눈에 들보는 제쳐 놓고 남의 눈에 티끌만 보면서 '사돈 남 말'하는 중인지도 모른다. (2019)

러빙 빈센트
(Loving Vincent)

우연이었다. 천만 관객을 이끌었다는 영화를 보고 나오던 중, 고흐의 자화상 한 점이 눈에 띈 것은. 애니메이션 〈러빙 빈센트〉의 포스터였다. 상영 예정표를 보니, 단 이틀 동안 하루 한 번씩의 상영만 예정되어 있다. 그 첫 번째가 두 시간 후였다. 나는 망설이지 않고 입장권을 사고 두 시간을 백화점에서 서성였다.

〈러빙 빈센트〉는 오스카 시상식의 장편 애니메이션 수상 후보에 올랐고, 작품성이 뛰어나 다른 상들도 받았다. 국내서도 작년에 작은 영화관에서 개봉되었고 팬 아트의 형성으로 '반 고흐 신드롬'을 불러일으켰단다. 하지만 나는 개봉하는 줄도 모르고 있었는데 우연히 확장판으로 재개봉한 것을 보게 되었으니

운이 좋았던 셈이다.

그림 〈별이 빛나는 밤〉으로부터 열리는 이 애니메이션은 고흐 사망 1년이 지난 1891년 아를에서 시작된다. 우체부 조셉 롤랭은 아들 아르망에게 뒤늦게 발견된 고흐의 편지를 동생 테오한테 전하라고 부탁한다. 아르망은 고흐를 미치광이로 여겨 좋아하지 않았지만, 고흐와 그의 그림을 사랑하는 아버지의 설득으로 편지를 전하러 떠난다.

먼저 파리에서 미술품상을 하는 탕기 영감을 만났지만, 평생 고흐의 경제적·정신적 후원자였던 동생 테오마저 형이 떠난 지 6개월 만에 그 뒤를 따라갔다는 소식을 듣는다. 그는 고흐의 마지막을 지켜보았던 주치의 가세 박사가 테오의 아내와 연락이 닿을 것이라는 말을 듣고 오베르쉬르우아즈로 간다. 고흐가 죽기 직전에 머물며 그림을 그리던 곳이다.

그러나 출타 중인 가세 박사를 만나지 못하고 고흐가 임종을 맞은 라브 여관에 묵는다. 거기서 고흐의 유명 초상화 속 인물들의 입을 통해 많은 이야기를 들으며, 고흐를 이해하고 점차 호감을 느끼게 된다. 그가 자신이 생각했던 것보다 정상적이고 따뜻한 마음을 지녔음을 알게 되자 그의 죽음에 의문을 품는다.

고흐는 정말 자살했을까? 그렇게 열정적으로 그림을 그리고 편지를 썼으며, 자살하기 전날에도 동생에게 그림물감을 부탁했던 천재 화가가 왜 자살했을까? 권총으로 자살을 할 때 흔히 쏘는 부위인 머리나 심장이 아닌 복부에 총을 쏜 이유는 무엇일까? 죽으려는 사람이 상처를 끌어안고 먼 길을 걸어 여관에까지 온 것은 어떻게 설명할까? 아르망이 미스터리한 죽음의 실체를 찾는 가운데 오베르에서 지낸 화가의 생활이 펼쳐진다.

의문은 주치의이며 친구였던 가세 박사에게 닿지만, 막상 아르망과 가세가 대면하면서 자연스레 오해가 풀린다. 고흐는 외로웠고, 자신의 그림이 동생의 삶을 망가뜨린다는 죄책감이 그를 죽음으로 이끌었을 것이라는 추측으로 자살을 암시한다. 아르망은 고흐의 편지를 테오의 아내에게 전달할 것을 부탁하고 오베르를 떠난다.

영화가 끝나고 자막이 올라갔지만, 나는 일어서지 못했다. 아니, 아무도 일어서지 않았다. 돈 맥클레인(Don Mclean)이 곡을 쓰고 노래를 불러 고흐에게 헌정한 배경음악 〈빈센트(Vincent)〉를 들으며 고흐의 친구인 듯 앉아 있는 사람들. 처음엔 익숙한 그 노래 때문인 줄 알았는데 그게 아니었다. 우리는 고흐의 그림에 들어가 있었으므로 바로 현실로 돌아오지 못한 것이다.

그런데 엔딩 크레딧이 올라간 후가 또 한 편의 영화였다. 기획부터 완성까지 총 10년이 걸린, 세계 최초 유화 애니메이션의 제작 과정이 펼쳐졌다. 〈러빙 빈센트〉의 제작에 참여하기 위해 전 세계에서 고흐를 사랑하는 4천여 명의 화가가 모였다. 그중 오디션을 통해 뽑힌 107명의 화가가 2년이 넘는 시간 동안 직접 그린 62,450점의 유화로 완성된 작품이라고 한다.

반 고흐를 사랑하는 아티스트들의 집념과 열정이 없다면 할 수 없는 일이 거기 담겨 있었다. 배우들이 연기한 영상을 장면마다 발췌하여 고흐의 붓놀림 그대로 작품 속 인물과 풍경을 유화로 그려 애니메이션으로 제작한 것이다. 이런 엄청난 일을 누가 상상이나 하였을까? 스토리가 있는 고흐의 영상 전시회(?)는 그렇게 이루어진 것이다.

영화를 보는 내내 나는 고흐의 살아 움직이는 그림 속에서 아르망을 따라다니고 있었다. 오베르의 밀밭에서 까마귀가 나는 풍경을 보고, 몽마르트르 언덕의 전망대를 지나고, 피아노에 앉은 가셰의 딸 마르그리트도 만났다. 아를의 붉은 포도밭, 삼나무가 있는 길을 지나, 노란 밤의 카페테라스에서 술도 마신다. 요동치며 빛나는 별들을 경이롭게 올려다본다. 잘라 낸 귀를 싸서 잘 보관하라며 거리의 여인에게 건네기도 한다.

28세에 작품을 시작하여 37세에 세상을 떠나기까지 짧은 기간에 그린 유화 작품만도 800여 점이라는 고흐. 나는 고흐가 살고, 그림을 그린 환경 속에서 그림 속 주인공들과 함께 2시간을 보냈다. 경이로운 경험이었다.

비정상적인 광기에 흔들리며 살았다는 고흐를 이해하며, 따듯하게 추억할 수 있도록 한 팬들의 노력에 감사하며 영화관을 나섰다. 죽은 지 130년이 된 고흐가 총상을 움켜쥐고 비척거리며 나를 앞질러 간다. 오래된 친구처럼 내가 그 뒤를 천천히 따라간다. 'Starry, starry night'으로 시작되는 그의 노래가 발밑에 자욱하게 깔린다.

별이 총총 빛나는 밤
그대의 팔레트는 파랑과 회색으로 색칠하고
마음속의 어두움을 바라보는 눈으로 여름날을 보아요.

같은 날 같은 장소에서 두 편의 영화를 보았다. 천만이 넘는 관객을 동원한 영화는 기억도 나지 않는다. 그런데 재개봉까지 했어도 백만 관객도 동원하지 못한 〈러빙 빈센트〉가 아직도 내 마음에 살아 있는 이유는 무엇일까? (2019)

비명을 듣는
봄날

아파트 화단에 가지치기가 한창이다. 막 꽃망울이 터지려는 매화는 빰이 볼그레한데, 제 일에 바쁜 전지가위는 사정없이 잘라 내어 발밑에 수북이 쌓아 놓는다. 반나절이면 필 것 같은 백목련도 가지가 잘려 겹겹이 누워 있다. 한쪽에서는 한 아름이 넘는 다발로 묶인 가지들을 줄줄이 트럭에 옮겨 싣고 있다.

'이 일을 어쩌면 좋아. 꽃이라도 피고 나서 자르면 좋을 텐데….'

봄에 꽃을 피울 일념으로 겨우내 모진 바람, 눈보라에 몸을 떨면서 지켜 온 꽃망울을 터뜨려 보지도 못하고, 어미 나무와 이별하는 꽃가지들의 비명이 여기저기서 들리는 듯해서 그냥 지나치기가 어렵다.

봄비와 햇살의 정다운 클릭으로 찾아온 아름다운 봄날이지만, 어떤 정원수에는 삼월은 잔인한 달이 되고 있다. 그냥 지나치기가 차마 어려워 땅에 누운 매화와 하얗게 터지는 목련 몇 가지를 들고 집 안으로 들어왔다. 꽃병에도 꽂고, 물을 듬뿍 준 빈 화분에도 꽂아 놓았다. 비록 몇 송이가 되지 않지만 꽃이라도 피워 보고 가라고.

나무의 가지치기는 생육에 필요한 광합성을 하는 잎을 조절하기도 하고, 바람에 가지가 부러지지 않도록 유지해 주는 역할도 한다. 외형적으로 아름다운 정원수의 수형을 다듬어 주는 작업이다.

불필요한 가지를 잘라 내면 남겨진 가지에 대한 양분과 수분의 공급량이 많아져 식물호르몬이 증가하므로 새 가지의 생장에 좋다고 한다. 전지 시기도 각각 다르다. 소나무처럼 이른 봄 새잎이 날 때 하는 것이 있고, 목련이나 철쭉, 명자, 무궁화 같은 봄·여름 꽃나무는 꽃이 지고 일주일 전후가 가장 좋다고 한다. 그런데 왜 지금 자르는지 모르겠다. 아마도 그 시기를 맞춘다는 것이 현실적으로 어려워서 그런 모양이다.

하기야 여러 세대가 모여 사는 아파트에서는 주민들의 요구로 이른 가지치기도 할 것이다. 어느 세대에서는 나무 전지를 왜 안 하느냐며 거실이 컴컴해서 못 살겠다고 재촉하는 분이 있는가 하면, 어느 세대에서는 나무를 자르면 집안이 환하게 들여다보여 곤란하니 자르지 말라는 분도 계시다니 시기 정하기도 어려웠을 것이다.

나도 예전 아파트 2층에 살 때 살구나무가 창을 가려서 컴컴하고, 살구벌레가 베란다를 넘어 수도 없이 들어와 문도 열지 못해서 전지를 부탁했던 적이 있었다. 그런데 내 집 앞에 있으나 내 것이 아니므로 마음대로 하지 못하여, 약을 뿌리고 가지 한두 개만 잘라 주었던 기억이 난다. 그러니 아파트 관계자를 원망할 수도 없는 일이다.

봄의 비명이 들리는 곳이 또 있다. 들뜬 마음으로 대학에 입학했던 아름다운 봄, 그 봄이 몇 번을 지나 배움을 완성하고 졸업한 취업준비생들의 비명도 여기저기서 들린다. 어쩌면 내가 느끼는 정원수의 비명은, 그들이 보기엔 일없는 사람의 꽃 타령에 지나지 않을 터이다.

본인도 힘들게 공부했고 부모도 어려움 속에서 뒷바라지했어도 그들이 원하는 좋은 직장이 턱없이 모자란 게 현실이다.

'실력만 있으면 안 될 리가 없다.'고 말하는 사람도 있지만, 나라의 경제 사정이 말이 아니니 신입사원이 되는 좁은 문을 통과하기가 하늘의 별 따기다. 수요는 적고 공급이 과잉이니 이런 게 고학력 인플레이션이 아닐까 싶다.

졸업한 학교의 도서관이나 고시원에서 머리 싸매고 공부해도 정규직 일자리는 부족하고 또 부족해서, 취업재수생은 자꾸만 늘어난다. 여러 곳의 아르바이트를 전전하면서 고향 집에는 취직해서 첫 월급 탔다고 선물을 보내는 젊은이의 모습이 너무 안타깝다. 부모님이 아시기 전에 얼른 취직하면 된다지만 그것이 어디 쉬운 일인가. 그런가 하면 어떤 회사에서는 직원을 못

구해서 비명을 지르고 있으니 이것도 아이러니다.

직장을 구하는 인재도 직원을 구하는 회사도 비명을 지르는 봄. 잘 자란 아이들도 열심히 키워 온 부모들도 비명을 지르는 봄. 이 비명들이 환성으로 바뀌는 날은 언제 올 것인지….

우리 집 베란다에는 전지가위에 잘린 꽃가지에서 목련과 매화가 활짝 피었다. 베란다가 환하다. 그들의 내일은 알 수 없지만, 혹여 그 가지에서 작은 실뿌리가 돋아나지나 않을까 기대하며, 나는 또 물을 준다. (2019)

프로듀스 101[6]

'당신의 소년에게 투표하세요.'

〈프로듀스 101 시즌 2〉가 끝났다. 오직 국민프로듀서들의 투표만으로 아름다운 소년 11명이 국민아이돌로 선정되었다. 이들은 워너원(Wanna One)이라는 단일팀으로 데뷔하여 내년 말까지 18개월 동안 활동한다. 그리고 각자의 소속사로 돌아간다. 부듯하다. 내가 지지한 '강다니엘'이 압도적인 1위를 하고 데뷔 무대의 센터까지 되었기 때문이다.

어느 날 중학교 새내기인 손녀 지윤이와 소파에 앉아 있었

---

6 2017년 4월 7일부터 6월 16일까지 매 금요일, 유선방송 Mnet에서 서바이벌로 진행되던 남자 아이돌 성장 프로그램.

다. 그 아이는 음악 프로그램을 보고 있었는데, 많은 소년이 나와서 춤과 노래로 경쟁했다. 아이에게 물었다. "네가 지지하는 연습생은 누구야?" 아이가 적어 준 메모에는,

YG Kplus **권현빈(키 크고 귀여움, 모델)**

브랜뉴 이대휘(나야 나 센터, 작곡 등 재주 많음)

MMO **강다니엘(핑크머리, 춤·노래·랩 다 잘함. 비보잉도)**

나르다 김태우(강동원 닮고 착해 보임)

소속사와 이름은 물론 그들의 특징까지 적어 준 손녀의 메모가 대견했다. 우리 집에서는 제일 막내라 아직 어린아이로 여겼더니 의견이 또렷하다.

이 프로그램의 참가 대상은 연예기획사 소속 연습생이 대부분으로 아이돌로서의 기본 훈련은 쌓은 소년들이다. 더러는 오래전에 데뷔했지만, 여건이 안 좋아서 다시 도전한 친구들도 있었다. 개인 연습생은 아주 드물었다.

연습생이란? '어디서 내려야 할지 모르는 버튼 없는 엘리베이터', '잘 채워야 할 셔츠의 첫 단추'라고 그들은 스스로 말했다. 연습생 대부분은 오디션 등 어떤 경로를 통해 연예기획사에 소

속된다. 거기서 가수로서의 기본 소양을 배우며 데뷔를 준비한다. 그러나 그 길은 보통 짧아야 2-3년, 길게는 10년이 걸리기도 하는 쉽지 않은 길이다. 또 어렵게 데뷔한다고 다 성공하는 것도 아니다.

해서 이런 기회에 응모하여 공개적인 평가를 받고 잘되면 바로 데뷔를 하게 되므로 시작부터 경쟁이 치열했다. 101명의 연습생은 실력에 따라 몇 등급으로 나뉘어, 보컬·랩·댄스 등 분야별 트레이너의 집중 지도를 받는다. 그리고 다섯 단계의 평가를 거치며 선택받지 못한 연습생들은 프로그램에서 하차한다. 이 모든 평가는 국민프로듀서들의 투표에 의한다.

합숙을 하면서 이 프로그램을 하는 동안 그들은 팔다리를 다치거나 독감에 걸려 열이 올라도 연습을 멈추지 않았다. 심지어는 대상포진을 앓고, 깁스나 안대를 하고서도 평가 무대에 올랐다. 건강을 염려한 트레이너들이 큰일 난다고 말려도 밤을 새워 연습했다. 참 대단했다. 대학 입시를 코앞에 둔 수험생보다 더하면 더했지, 덜하지 않았다.

감수성이 예민한 그들은 평가를 마칠 때마다 하차하는 친구들과 얼싸안고 울었다. 남는 아이도 떠나는 아이도 눈물을 흘렸다. 자신이 남게 된 기쁨보다는 함께했던 친구와 헤어진다는 아쉬움이 더 큰 듯했다. 그리고 말했다.

'우리 나중에 큰 무대에서 꼭 다시 만나자.'

처음의 101명에서 평가를 거칠 때마다 60명, 35명, 20명 마지막 데뷔 평가를 통해 오직 11명만 선택된다. 이 과정을 통해 참가자들의 실력은 눈에 띄게 성장했다. 그만큼 노력하니 어찌 실력이 늘지 않겠는가. 하차한 연습생들도 그간의 맞춤 지도와 연습으로 실력을 인정받아 하차하자마자 소속기획사에서 데뷔를 준비하는 팀도 있고, 다른 연예기획사의 프러포즈를 받기도 했다.

나는 평소에 머리를 붉거나 노랗게 물들이고 목걸이, 귀고리, 반지 등을 착용하고 다니는 청소년들을 좋아하지 않았다. 공부하기 싫어서 건들건들 돌아다니는 아이들 정도로 생각해서 속으로 질색했다. 그런데 이 방송을 보면서 그들에 대한 내 인식이 달라지기 시작했다. 십 대 중반에서 이십 대 초반의 아이들이 자신의 미래에 대해서 그렇게 열정적일 줄 몰랐다.

그들은 공부가 싫은 것이 아니라 자신의 꿈을 이룰, 자신이 좋아하는 공부를 하려고 그 콘셉트에 어울리는 차림을 하고 다닌 것이다. 무대 위에서 아이돌로서의 존재를 보여야 하니 관객보다는 자유롭고 차별화된 모습을 해야 한다. 공부에도 종류가 많다는 걸 유교적 정서에 갇힌 나는 알려고도 하지 않은 것이다.

K-POP은 이미 세계인이 좋아하는 음악 장르가 되었다. 리듬과 가사가 단순하여 전염성이 강하고, 지루하지 않다. 노래 부르며 꽉 짜인 군무를 절도 있게 해내는 잘생긴 가수들의 매력에 세계가 흠뻑 빠진 것이다. 여럿이 자리를 바꾸면서 가수 각자의 장점을 살려 주며, 하나의 통일된 무대를 만들어 낸다. 아름답다. 의상도 획일적이거나 때론 각기 다른 옷을 입어 유행을 선도한다.

유럽, 아시아, 아메리카, 심지어는 북한에서까지 우리 아이돌의 춤을 따라 하고 비슷한 의상을 입는다고 한다. 이렇게 K-POP은 세계로 뻗어 나가며 전 세계에 팬덤을 형성하고 있다. 예전에 우리가 비틀스에게 그랬듯이.

강다니엘은 무대 아래서는 천진하게 잘 웃고 새처럼 재재거렸다. 남을 배려하는 마음도 있고 착하다. 그런데 무대에 오르면 준비된 연습생의 면모가 보였다. 현대무용을 전공했다는 그의 댄스는 박력이 있으면서도, 동작이 세련되고 섬세했다. 게다가 음악에 따라 춤사위와 표정에 변화가 많고 섹시하기까지

했다. 보컬도 좋고 랩도 괜찮았다. 팬층도 두꺼워 팀의 대표로 손색이 없다.

워너원은 팀이 확정되자마자 방송계를 강타했다. 수많은 광고 출연은 물론 유선방송 출신들은 지상파 방송 출연이 힘들다는 편견도 깼다. 데뷔 전에 벌써 KBS와 MBC의 예능까지 출연이 확정되었다.

이제 일주일 후면 그들은 데뷔한다. 나는 그들이 국내를 넘어 세계로의 꽃길을 당당하게 걸어갈 것을 믿고 응원한다. 그리고 지금도 어느 곳에선가 'K-POP 스타'라는 간절한 꿈을 향해 달려가고 있을 연습생들에게 전하고 싶다. '꿈을 꿀 수 있다면 실현할 수도 있다.'는 월트 디즈니의 말을. (2017)

첩의 집은
꽃밭

나에겐 두 개의 연인이 있다. 먼저 만난 수필(隨筆)은 본처이고, 나중에 만난 시(詩)는 애첩인 셈이다. 독자 중에는 내게 그중 하나만 집중적으로 쓰라고 권유하는 분들이 많지만 나는 아직 둘 다 껴안고 산다.

어젯밤에 만난 수필가는 말했다. "선생님은 시만 열심히 쓰세요. 시가 참 좋아요. 수필은 잘 써도 누가 알아주지도 않는걸요." 했다. 그런가 하면 "수필만 쓰시면 좋겠어요. 그러지 않아도 좋은 수필가가 드문데, 괜찮은 수필가들이 자꾸 시인으로 자리 잡으니 속상해요." 하는 분도 계시다. 두 분 다 나를 아껴서 격려해 주시느라 그러신 것이니 감사하게 여긴다.

집에 돌아와 생각했다. 사실 여러 장르를 하면서 다 잘하시는 분도 계시지만 그런 경우는 정말 드물다. 본인은 안 그러려고 하겠지만 발표된 글을 보면 애매한 글인 때도 많다. 시도 아니고 수필도 아닌 글을 짧게 쓰면 시라 하고, 길게 쓰면 수필이라고 발표하시는 분도 있고, 아동문학과 성인문학이 뒤 섞여 시, 동시, 시조의 구분이 안 되게 글을 쓰는 분도 계시다. 해설과 평론이 섞여 있는 것은 물론 독후감까지 평론으로 발표하는 작가도 있다.

어려서 '두 마리 토끼를 쫓다가 한 마리도 못 잡는다.'는 속담을 많이 듣고 자랐다. 인간은 모든 가능성을 다 가지고 태어나지만, 그 여러 가능성을 모두 훌륭하게 성취하기는 쉽지 않다. 물론 역사적으로 많은 천재가 여러 장르를 완벽하게 소화한 경우도 있었고 지금도 그런 분들이 계시지만, 아무나 그리되지는 않는다. 그런데 나같이 평범한 사람이 무슨 배짱으로 시와 수필 사이에서 줄타기를 하는가 생각하면 어이가 없기도 하다.

십여 년 전에도 한 가지만 잘하기로 작정을 하고, 〈호두 두 개〉라는 수필을 쓴 적이 있었다. 호두가 어릴 때는 두 개씩 등을 맞대고 자란다. 그러다 가뭄이 들거나 환경이 어려워지면 그중 하나를 버려서 나머지 하나를 튼실하게 키워 낸다. 해서 나도 둘 중 하나를 선택할 때가 왔다고 썼다. 그런데 지금까지 버리지 못하고 두 장르를 하다 보니 이제는 이쪽저쪽에 다 정이 들어 용단을 내리기 어려운 처지가 되었다.

수필은 나의 첫사랑이다. 어려서 수필인지 산문인지도 모르고 좋아했고, 운 나쁘게 문제가 되어 헤어졌다가 늦은 나이에 어렵게 다시 만난 곱디고운 사랑이다. 쓸 때마다 자신을 되돌아보며 비뚤어진 길에서 나를 끌어올리는 지도교수님이다. 내가 써서 다 아는 내용인데도 다시 읽을 때면 나를 설레게 하는 다정다감한 벗이다.

시는 철들어 만난 참사랑이다. 틀에 갇힌 나를 사슬에서 풀어 주는 용감한 흑기사다. 차마 하지 못한 말이나 이루지 못한 일, 닿지 못한 가슴 저쪽까지 속 시원히 다다르게 하는 자유로운 날개다. 내가 썼으되 진정한 내 것이 아닌 야릇한 글이다. 소심한 나를 투사가 되게 하는가 하면, 높다란 망루 위에서 벌거벗고 춤추게도 한다. 막힘도 거침도 없는 매력적인 임이다.

한쪽을 놓지 못해서 절절매는 내게, 어떤 문우들은 또 새로운 권유를 해 주신다. 시에 운율이 살아 있으니 본격적으로 시조를 써 보라는 분도 계시고, 수필에 이야기가 많으니 동화를 쓰라는 권유도 받는다. 생각해 주시는 것은 아주 고맙지만, 두 장르도 어려운 내 주변머리로는 어림없는 일이다.

민요 한 가락을 듣는다. 제목이 〈첩 타령〉이다.

해 다 지고 저문 날에

옷갓을 하고서 어디를 가요

첩의 집으로 갈라 하면

내 죽는 꼴이나 보고 가소

첩의 집은 꽃밭이고

나의 집은 연못인데

벌과 나비는 한철이고

연못의 붕어는 사철이라

옛 노래서도 본처와 애첩은 상극이다. 하지만 그 시대 남편 입장에서는 믿음직한 본처도 중요하였고, 삶에 활력을 주는 애첩도 없어서는 안 될 인물이었을 듯싶다. 나도 그렇다. 향기롭고 열정이 넘치는 꽃밭도 좋고, 사철 찰랑거리며 금붕어를 키우는 연못도 좋으니 둘 중 어느 쪽도 놓을 수가 없다.

따지고 보면 꽃밭과 연못은 서로 상생해도 좋을 사이다. 연못 곁에 꽃밭을 두고 물에 비친 꽃 그림자에 반해 버린들 큰 잘못은 아닐 것이다.

본처와 애첩, 아니 첫사랑과 참사랑 사이에서 둘 중 하나를 떼어 내야 한다는 생각을 이젠 접어야 할 것 같다. 내가 그 둘 사이에서 중간 역할을 찰떡같이 잘해야 한다는 전제 아래서. (2018)

4부

꽃들과
눈을 맞추다

올봄엔 시간이 많아서 꽃들과 자주 눈을 맞추었고, 그들의 삶을 눈여겨보게 되었다. 비슷한 꽃은 있어도 같은 꽃은 없고, 예쁜 꽃은 있어도 미운 꽃은 없었다. 마치 내 주변의 사람들 같다.

다포 세대와 일곱 쌍둥이

이른 아침 습관적으로 손전화를 연다. "인구절벽이 만든 '폐교 쓰나미' 이제 서울까지 덮친다." 서울신문 창원, 강원식 기자의 기사가 눈길을 끈다. 농어촌을 중심으로 확산하던 폐교가 지방 대도시를 넘어 서울까지 확산하고 있다는 기사다. 2019년 3월 1일 기준 전체 3,803개의 학교가 문을 닫았다며, 시도별 현황까지 자세히 실려 있다. 출생률 감소의 소식을 들어왔지만 이렇게 심각하다니 걱정이 된다.

기준일 이후 오늘까지 또 몇 개의 학교가 문을 닫았을 것이다. 목구멍에 풀칠도 어렵던 5·60년대에도 아이를 많이 낳아서 정부 시책으로 산아제한 운동을 펼쳤던 것이 엊그제 같은데, 지금처럼 음식이 넘치고 경제 형편이 좋아진 시대에 출생률이 낮아진다니 아이러니가 아닐 수 없다.

연애, 결혼, 출산을 포기한다는 삼포 세대를 넘어 오포, 칠포를 지나 요즘은 다포 세대라 한다니 걱정이다. 희망에 부풀어 있어야 할 젊은이들이 모든 것을 포기한다니. 지금은 어떤 부모도 자식에게 결혼과 출산을 권하지도 못한다. 부모들 세대가 겪어 온 삶을 산다면야 못할 것도 없겠지만….

지금의 젊은이들은 보는 것이 많고 상대적인 박탈감이 커서 사회나 윗세대에 대한 불만이 많은 것 같다. 세상 그 무엇보다 자식이 소중해서 자식을 위해서라면 어떤 어려움도 견뎌 내던 부모들의 삶을 살 자신이 없는 것이다. 자신들은 부모의 희생을 먹고 살았으나, 자식에게 그 희생을 베풀기는 쉽지 않으니 아예 포기하는 모양새다. 안타까운 일이다.

1997년, 당시 29세였던 미국 여인 '바비 맥커이'가 세계 뉴스의 중심에 섰다. 그녀가 일곱 쌍둥이를 출산했기 때문이다. 그 부부는 첫딸을 키우며, 둘째를 낳기 위해 의사의 도움을 받았다. 얼마 후 의사를 찾아갔을 때 바비의 자궁에 일곱의 태아가 있는 것이 발견되었다. 그녀와 남편 케니는 믿을 수 없는 현실에 놀라 두려워했다.

일곱 쌍둥이를 임신한 것은 처음 있는 일이라 바비는 다른 사람들보다 자주 병원을 방문해야 했는데, 의사들은 배 속의 일곱 태아 중 일부를 포기하여 나머지 아이들이 살아날 가능성을 높이자는 의견을 제시했다. 하지만 부부는 어떤 아이도 포기하지 않았다.

"모든 건 하느님께 맡기는 겁니다. 저희는 그분을 믿어요. 모두 잘될 거예요."

그 사이 이들의 이야기가 방송을 타기 시작했다. 그리고 '선택적 감소'에 대한 부부의 결정은 수백만 시청자를 놀라게 했다. 그 가운데는 그들이 아이들과 함께 살 만한 큰 집을 기부해 준 사람이 있었다. 많은 양의 기저귀는 물론, 아이들을 태울 대형차도 기부받았다. 어려운 결정을 한 그들의 용기를 세상은 모른 척하지 않았다.

그해 11월, 임신 30주인 그녀의 배는 엄청나게 불렀고, 진통은 예정일보다 9주나 앞당겨 왔다. 전문의와 간호사 등 무려 40여 명에 달하는 사람들이 출산을 도왔다. 일곱 아기가 제왕절개 수술을 통해 무사히 태어나자, 분만실 사람들은 모두 감동의 눈물을 흘렸다.

남자아이 넷, 여자아이 셋인 일곱 아기가 건강하게 태어난 것은 기적 같은 일이었다. 예정일보다 앞당겨 태어났기 때문에 그들은 매우 작아서, 3개월 10일에 걸친 병원 생활 끝에 집으로 돌아갔다.

일곱 아이 중 알렉시스와 네이든은 선천성 뇌성마비였지만, 나머지 아이들의 건강은 완벽에 가까울 정도였다. 당시 미국 대통령인 빌 클린턴은 케니 부부에게 전화로 축하 메시지를 전했다.

일곱 쌍둥이가 첫돌을 맞았을 때는 오프라 윈프리 토크쇼에 게스트로 참여했다. 부모는 일곱 쌍둥이의 육아가 지치고 힘들어도 마음만은 매우 행복하다는 뜻을 전했다. 그리고 하루에 52개의 기저귀를 소비하고 42병의 분유를 먹는다고 웃으며 말했다.

육아는 손이 많이 가서 퍽 어려운 일이고, 경제적인 어려움도 많았다. 초반에는 기부금도 많이 받았지만, 액수가 점점 줄어들어 8명의 아이를 키우는 일이 버겁지 않을 수 없었다. 그래서 식비를 조금이라도 더 줄이기 위해 텃밭을 만들고 채소를 길렀다. 알뜰한 구매 습관으로 생활비를 줄여 나가고 있다고도 했다. 다행히 집안일과 청소는 35명의 자원봉사자의 도움을 받았단다.

아이들이 자라면서 조지 부시 대통령도 만났고, TV를 비롯한 여러 매체에서 취재를 원했다. 그러나 부모는 경제적 도움보다는 아이들의 프라이버시를 위해 생일을 기념하는 프로그램 외에는 출연을 거절했다. 일곱 남매의 13번째 생일날, 그들의 삶을 다룬 다큐멘터리도 제작되었다.

뇌성마비로 태어나 걱정스럽던 네이든은 척추 수술 후 끈기 있는 재활 훈련으로 스스로 걷게 되었다. 알렉시스도 2013년 장애인 미인 대회에 출전해 상도 받았고, 학급에서 상위 15% 안에 드는 학업 성적으로 많은 아이의 본보기가 되었다.

아이들이 만 21세가 된 현재, 케니 주니어는 자기 회사를 차렸고, 브랜든은 군인으로 자리 잡았다. 알렉시스는 선생님이 되었다. 켈시와 나탈리, 조엘, 네이든은 모두 대학 졸업을 앞두고 있다. 아이들이 하나씩 독립하여 집을 떠나면서 부부는 이제 열 식구가 살던 큰집을, 필요한 다른 가족들에게 양도할 예정이란다. 아름다운 사람들의 감동적인 이야기다.

나는 일곱 쌍둥이 사연을 보면서, 어렵고 힘든 일도 받아들이는 사람에 따라서는 기쁘고 행복한 일이 된다는 것을 느꼈다. 나도 구세대 부모로 많은 어려움 속에 자식을 키웠다. 하지만, 지금 생각하면 아이들이 내 품에서 자라던 그때가 내 생애 가장 행복했던 때였음을 자주 느끼고 있다.

다포 세대라고 자신을 포기한 젊은이들에게 말해 주고 싶다. 그대들은 귀하고 아름답다. 잘 살아야 할 권리도 있고 의무도 있다. 연애도 하고, 결혼과 출산도 하자. 고통스러워도 꼭 하자. 하루살이도 제 후손을 남기고 떠난다. 그리고 고통은 혼자 오는 것이 아니라 늘 행복의 손목을 잡고 오는 것이다. (2020)

꽃들과 눈을 맞추다

호접란 꽃대가 올라왔다. 엄지손가락만큼 작은 잎사귀 옆으로 5㎝ 정도 길이의 가느다란 연두색 줄기에 도도록한 망울 몇 개가 달려 있다. 이상하다. 이렇게 어린잎에서 꽃대가 올라오다니…. 신기해서 자세히 들여다보니 뿌리 쪽에서 나오고 있다.

곰곰이 생각하니 작년 여름 시화(詩畵) 부스전시회를 할 때, 친구가 선물한 호접란에 기품 있게 피웠던 꽃이 지고 난 후, 꽃대 중간쯤에서 손톱만 한 새잎 두 장이 자라고 있었다. 꽃대를 잘라 주면 옆으로 새 꽃대가 나서 다시 한번 꽃이 피는 건 보았어도 잎이 나는 것은 처음 보는 일이라 꽃집에 가서 물었다. 꽃집 주인은 관리를 잘하셨다면서 잎이 조금 더 크면 뿌리가 돋아날 터이니 떼어서 따로 심으라 했다.

한 달이 지난 후에 보니 희고 맑은 뿌리가 잎사귀 아래로 뾰족이 나와 있기에 잎과 함께 떼어 작은 화분에 옮겨 심었다. 매일 보면서도 그런대로 잘 자란다고만 여겼는데 난데없이 꽃대가 올라온 것이다.

애초에 큰 화분에서 다시 꽃대가 나오는 것을 무식한 내가 새잎의 뿌리로 알고 잎과 함께 잘라서 아래를 향해 심어 버린 것이다. 꽃대는 얼마나 숨 막히고 답답했을까. 그런데도 뿌리도 없는 그 여린 것이 파묻혀 죽지 않고, 몸을 추슬러 올라왔다는 것이 참으로 대견하다.

따지고 보면 식물에 있어서 꽃은 제 삶의 결정체다. 꽃 없이는 번식도 없으니 아무리 어려워도 그 일을 위해 최선을 다한다. 그래서인지 동양란이 꽃을 피우지 않거든, 9·10월경에 한동안 물을 주지 말라는 지인이 계셨다. 그러면 생명의 위협을 느낀 난이 후손을 남기려고 결사적으로 꽃을 피운다면서. 하지만, 우리 집 난은 그렇게 하지 않아도 해마다 꽃이 잘 피어 일부러 목마르게 할 필요는 없었다.

시들시들하던 산호수 어린 가지가 쑥쑥 자란다. 아침에 물을 주다 보니 줄기 아래 바닥에 붙어 보라색 제비꽃 두 송이가 피어 있다. 원래도 조그만 꽃이 영양부족이어서 그런지 깨알같이 작은 모습으로 애틋하게 피었다. 제비꽃은 내가 참 좋아하는 꽃이지만 집에 심은 기억이 전혀 없는데 어떻게 우리 집 산호수 발밑에 있는지 알 수 없지만, 뜻밖의 선물을 받은 듯 반갑다.

거름흙에 따라온 괭이밥과 청사랑초는 얼마나 번식력이 좋은지, 매번 뽑아도 화분마다 자라나서 번거롭기 짝이 없었다. 심지어는 동양란 화분의 물구멍에서도 자라니 뽑기도 쉽지 않았다. 매년 화단이나 화분에 여기저기 나는 것을 뽑아 버리다가 문득 가여운 생각이 들어 그들과 타협하기로 마음먹었다.

"너희들 살 곳을 마련해 줄 테니 여기저기 나다니지 말고 거기서만 살아. 다른 데 들어가면 무조건 다 뽑는다. 알았지?"

약속 아닌 약속을 하고, 작은 화분 두 개를 마련해 베란다서 자라는 사랑초와 괭이밥을 보이는 대로 뽑아 심었다. 사실 그 둘은 괭이밥과에 속해서 같이 사랑초로 불리기도 하지만, 다른 종류라 따로 심었다.

뿌리가 일자형으로 쏙쏙 뽑히는 사랑초는 옮겨진 화분에서도 잘 자라더니, 며칠 전 다보록한 잎들 사이로 꽃대가 쑥쑥 올라와 연분홍 사랑스러운 꽃들이 살랑거리며 피었다. 어쩌면 그렇게 보드랍고 연약해 보이는지 이름처럼 사랑스럽다. 저리 예쁜 풀꽃을 왜 눈에 띄는 족족 뽑았는지 미안한 생각마저 들었다.

고양이가 소화가 안될 때 뜯어 먹는다는 괭이밥은 저 살라고 마련한 화분에서는 살지 못하면서 남의 화분에서는 보란 듯이 잘 자라서 한동안 내 미움을 톡톡히 받았다. 그런데 저도 남의 집에 빌붙어 살기가 어려웠는지 요즘은 제 화분에 터를 잡고 바닥을 기듯 번져 화분을 가득 채웠다. 초여름이 되면 작고 노란 꽃이 귀엽게 필 것이다. 내가 어렸을 때는 신맛이 있어 시금이라 부르며 그 잎을 뜯어 먹기도 했다.

소소하게 베란다를 기웃거리는 동안 어느새 봄이 깊었다. 베란다의 군자란과 철쭉이 탐스럽게 피더니, 단지 내의 산수유와 매화가 소리 없이 피고, 춘분이 지난 지금은 살구꽃이 환하게 밝다. 작년에 가혹하게 전지를 당한 목련도 눈높이에서 가지가 휘도록 피었다. 내일이면 피어날 듯 벚꽃도 꽃망울이 발그레하다. 보문산에도 진달래가 피었다며 사진과 문자가 온다.

따지고 보면 우리가 이 아름다움을 느낄 수 있는 것은 식물들이 자신의 최선을 다하기 때문이다. 어디 식물뿐인가. 동물들도 제 삶에 최선을 다한다. 심지어 바이러스까지도 변종에 변종을 거듭하면서 제 영역을 넓혀 간다.

올봄엔 시간이 많아서 꽃들과 자주 눈을 맞추었고, 그들의 삶을 눈여겨보게 되었다. 비슷한 꽃은 있어도 같은 꽃은 없고, 예쁜 꽃은 있어도 미운 꽃은 없었다. 마치 내 주변의 사람들 같다. 얼굴이 비슷한 사람은 있어도 삶까지 똑같은 사람은 없다. 또 소중한 삶은 있어도 가치 없는 삶은 없는 것 같다.

착한 사람과 그렇지 않은 사람의 구분도 대부분 보는 방향에 따라 다른 경우가 많았다. 우리가 사람을 보는 이분법적사고도 이젠 바꿔야 할 때가 온 것 같다. 우리는 꽃보다 훨씬 아름답고 현명하며 귀한 사람들이니까. (2020)

봄은 마스크를 쓰지 않았다

봄비가 내린다. 겨우내 가뭄이 들었던 대전에 비가 내린다. 만나야 할 사람, 가야 할 곳도 모두 취소되어 긴 날을 집 안에 머물던 나도 견디지 못해 양지공원으로 나갔다. 얼굴의 일부인 듯 마스크를 쓰고, 얇은 장갑을 끼고, 따뜻한 점퍼 차림으로 주춤주춤 계단을 올라가 산책로를 돌았다.

코로나19의 확산으로 모든 모임과 집회가 중단되었다. 우리나라에 성당과 교회가 생긴 이후 한 번도 거른 적이 없다는 주일미사까지 각자 온라인으로 드린 지 한 달이 넘었다. 따로 복음을 읽고 묵주기도를 바치는데도 주일이면 이상하게 목이 말라서 나는 자꾸만 물을 마신다.

얼마 전만 해도 중국 우한에서 발생한 코로나19는 우리나라를 비켜 가려는 듯 보였다. 그러나 2월 하순에 확진 환자가 천여 명이 되더니, 급속히 늘어서 만 명을 넘기기에 이르렀다. 정부에서는 전염병 '심각' 단계를 발표하고, WHO도 '국제 공중보건 비상사태'를 선포한 지 한참 되었으나 바이러스는 세계를 대상으로 들불처럼 번져 나가고 있다. 보이지 않는 바이러스와 인간 사이에 전쟁이 시작된 것이다.

온 국민이 마스크를 쓰고, 어린이집과 유치원은 물론 초등학교부터 대학까지 개학이 늦춰졌다. 직장인은 재택근무를 하고 작은 모임도 자제하는 사회적 거리 두기가 진행 중이다. 원자재의 공급 부족으로 제조업체의 생산량은 물론 거래량도 줄었다. 작은 점포들은 문을 닫았고 그에 속한 종업원들은 직업을 잃었다. 경제적 손실이 엄청날 것 같다. 다행한 것은 그런 피해를 돕기 위해 누가 시키지도 않았는데, 많은 사람이 기부에 동참하고 있는 것이다. 참으로 대단한 국민이다.

어려움에 맞닥뜨렸을 때 우리 국민의 처신은 참 훌륭하다. 의료 인력이나 기술도 다른 나라에 뒤지지 않고, 마트가 텅텅 빌 정도의 사재기도 하지 않는다. 의료진들은 집에도 들어가지 못하고 환자 돌보기에 여념이 없다. 많은 분의 희생 덕분에 나는 대책 본부의 지시에 잘 따르기만 하면 되니, 염치없지만 감사하다.

오후 1시, 전 같으면 이 시간에 공원 트랙을 돌거나 산책하는 사람들이 제법 있었는데 지금은 거의 없다. 누구를 만나는 것은 물론 즐겁게 음식을 나누지도 못하니, 점심 후에 오순도순 공원을 산책하는 것은 어림없는 일이 되었다. 건강상의 이유로 햇볕을 쬐거나 걸어야 하는 노인들도 자취를 감추었다.

이 병이 노인들에게는 치사율이 높은 편이기도 하지만 혹여 자신도 모르는 사이에 감염되어, 젊은이들에게 병을 옮기면 안 되겠다는 생각으로 아예 문밖출입을 자제하는 분들도 많다. 나 역시 소화기 내과나 정형외과 의사의 권유로 매일 걸어야 하지만 꼼짝없이 방에만 있던 중인데 비가 내리니 사람이 없을 듯해서 나선 것이다.

공원 잔디는 빗물에 젖어 노랗게 촉촉하다. 겨우내 마르고 또 말랐던 잔디가 이렇게 곱게 보이는 건 처음이다. 노랑과 겨자 사이의 저 깨끗한 빛깔을 뭐라고 불러야 할지 모르지만 답답한 마음을 편안하게 해 준다. 촘촘한 잔디의 틈을 비집고 뽀얀 얼굴을 내민 쑥이 제법 컸고, 개불알꽃도 피어 있다. 공원 한쪽의 매화며 산수유꽃은 빗속에 새초롬한데, 명자나무는 환영한다는 듯 빨간 꽃망울을 웃음처럼 터트린다.

빗발이 굵어지니 으스스 몸이 떨린다. 생각하니 점심도 먹지 않았기에 공원 옆 커피숍으로 들어갔다. 허니 브레드와 커피를 주문하고 2층으로 올라가니, 실내가 화려하다. 드라마에서 보던 프러포즈 장소처럼 아름답다. 풍선과 조명으로 꾸민 천장, 포토존, 탁자, 의자 어디서 이렇게 예쁜 것들만 가져다 놓았는지 후줄근한 내가 앉기에는 좀 민망하지만, 코로나 여파로 사람이 없어서 공원 쪽 창가에 자리 잡는다.

왼쪽으로 내가 신혼에 살았던 집터가 보인다. 우리 가족이 오순도순 살았던 그 집터 주변은 양지공원이 개발된 후 무료주차장으로 변해, 50여 대의 승용차가 주차되어 있다. 그래도 추억은 콘크리트를 뚫고 나의 젊은 기억과 부드럽게 손을 잡는다. 예기치 못한 그리움에 마음이 촉촉해진다.

따뜻하고 아름다운 공간에서 내다보이는 삼월의 공원은 쓸쓸하다. 비옷을 입은 깜찍한 강아지 두 마리를 데리고 한 남자가 산책한다. 십여 미터의 거리를 두고 빨간 점퍼에 초록 우산을 쓴 쌍둥이 같은 두 여인이 걸어간다. 그들 머리 위로 봄비가 살랑거리며 따라간다. 나의 시선은 그 봄비의 옷자락을 잡고 함께 공원 트랙을 돌고 있다.

국가와 사회가 어수선해도 전염병이 세계를 휩쓸어도 봄은 제 역할을 다하고 꽃들은 마스크도 쓰지 않고 여름을 향하여 달린다. 망설임 없는 직진이다. 온갖 천재지변과 수많은 질병 속에서도 인간은 현명하게 잘 대처하여 지금에 이르렀다. 당연히 코로나바이러스도 머지않아 극복될 것을 믿으며 천천히 커피를 마신다.

오디오에선 트바로티 김호중의 〈천상재회〉가 끝나더니 〈고맙소〉가 시작된다. 그래, 행복은 늘 고통이라는 보자기에 담겨 온다고 하지 않던가. 저 젊은 가수가 많은 어려움을 겪은 끝에 지금에 이른 것처럼, 우리는 머지않아 코로나19 이전의 일상으로 되돌아갈 것이다. 거추장스러운 마스크를 시원하게 벗어 던지고. (2020)

장례식의 화두

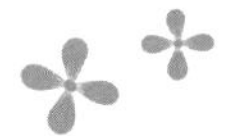

절친의 어머님이 선종하셨다. 눈이 많이 내리고 기온이 낮았던 소한 무렵이었다. 장지는 대청댐 근처의 고향 마을 뒷산으로, 먼저 가신 아버님과 합장으로 모셨다. 구순이 눈앞인 연세에도 정신이 맑으셨고, 병원이 아닌 집에서 자는 듯 곱게 떠나셨다. 가족은 마음 아파했어도 친지들은 복이 많은 어른이라며 부러워했다.

사십 대 중반의 어머님을 처음 뵈었을 때, 나는 일곱 살에 내 곁을 떠나신 우리 어머니가 지금까지 살아 계셨다면 저런 모습일 것으로 생각했었다. 가늘고 곱고 조용하시며 솜씨가 좋으셨다. 남편과 시부모, 시동생을 받들며, 다섯 자녀를 거느리시던 모습엔 범접할 수 없는 기품과 강단도 느껴졌다. 친구는 그 다섯 남매 중 맏이로 어머님의 버팀목이기도 했다.

성모병원에서 장례미사를 드리고 고향 마을로 떠나는 길에는 눈이 하얗게 쌓여 있었다. 평소 어머님의 모습처럼 보드랍고 포근한 눈이었다. 변함없이 따뜻했던 성품과 어려움 속에서도 평탄하게 가꾸었던 삶을 닮은….

요즘은 장례대행업체가 제반 사항을 알아서 해 주므로 엄동설한이었지만 장례식은 무리 없이 진행되었다. 장지에선 고인이 도착하기 전에 굴착기로 땅을 파서 돌을 고르고 하관 준비를 해 놓고 있었다. 큰길에서 버스를 내려 눈 덮인 산길을 걸어 운구하는 일 말고는 어렵지 않게 어른을 안장하여 드렸다.

대행업체는 햇빛을 받아 반짝이는 산허리 눈 위에 텐트를 치고, 가족과 친지들에게 따끈한 음료와 어묵을 대접하고, 간단한 식사도 준비해 주었다. 발밑엔 눈이 십오 센티 정도 쌓였어도 벌겋게 단 가스난로 덕에 우리는 별 추위를 느끼지 못했다.

문상객들은 텐트에서 난로를 쬐며 대화를 나누다가 이야기가 유산 문제에 이르렀다. 오늘 장지에 모신 고인과는 상관없는 이야기였지만 다들 적지 않은 나이므로 관심을 표시했다. 이 얘기 저 얘기 중에는 어묵 국물을 마시던 내 귀에까지 들리는 것도 있었다. 유튜브를 떠도는 꾸민 얘기겠지만.

괜찮게 사는 노년의 친구 셋이 만나서 유산에 관한 대화를 나누었다. 한 사람이 말했다.

"나는 죽을 때까지 내 재산은 내가 관리할 거야. 그래야 자식들이 잘한다더라."

다른 친구가 말을 받아서,

"내 생각은 반대야. 내가 무슨 재주로 그걸 관리해. 나는 아이들에게 맡기고 편하게 살고 싶어."

또 다른 친구가 똑똑한 듯 말했다.

"나는 반은 나누어 주고 반은 내가 관리할 거야. 그래야 원망이 없고, 나도 궁색하지 않으니까."

그런데 그 친구들이 다 세상을 떠난 후에 어떻게 하는 것이 좋았는지 알아보았더니, 셋 다 제명에 죽지 못했었단다. 재산을 다 주어 버린 친구는 돌보는 사람이 없어 굶어 죽고, 반만 준 친구는 남은 것 달라고 보채는 자식들 때문에 볶여 죽었다. 끝까지 자신이 가지고 있겠다던 친구는 살해당하고 말았단다.

웃기는 얘기라고 넘기기엔 이상하게 기분이 나빴다. 1950년대까지만 해도 자식이 장성하면 부모를 돌보는 일은 당연한 일이었다. 또 결혼 후에도 부모를 모시고 사는 것이 괜찮은 집안의 법도였다. 그런데 요즘 새내기 부부들은 결혼하자마자 독립해 사는 것이 보편화되었다. 더구나 저희 가르치고 결혼시키느라 빈손이 된 부모의 생활비를 부담하는 자녀는 거의 없다. 오히려 장성해서도 부모에게 기대 사는 캥거루족도 많다고 한다.

어떤 분은 자신은 소박한 음식에 맘에 드는 옷 한 벌 사 입지 못하고, 친구들에게 짠순이 소리를 들으며 산다. 그러면서도 자식에게는 부모 일로 걱정 끼치지 않으려고 여유 있는 척 베풀며 살아간다. 하여 그 자식들은 부모가 재산이 넉넉하다고 여겨 급하면 불쑥불쑥 손을 내민단다.

자식이 어려운 것도 내 탓이라 여기는 부모는 그때마다 빚을 얻어서 대 주고, 그걸 갚느라 몇 년씩 고생한다. 하지만, 자식들은 어른의 형편을 제대로 모르니 감사하는 마음도 없고, 더 주지 않는 것만 야속하게 여긴다고 한다. 자의 반 타의 반의 내리사랑이다.

그런데 요즘은 그 내리사랑마저 바뀌고 있는 모양새다. 미리 재산을 나누어 받고 늙은 부모를 돌보지 않는 자녀를 상대로 재산 반환 청구 소송을 제기하는 부모도 있다. 또 위의 에피소드처럼 본인이 관리하다가 남에게 떼이거나 뜻밖의 화를 당하기도 한다.

이런 이야길 들을 때마다 "나는 가진 것이 지금 몸담은 집 한 채뿐이라 참 편하다. 재산 많아서 골치 아프지 않으니 얼마나 다행인가."라고 생각한다. 하지만, 내 자식들도 부모가 재산이 적어서 다행이라고 생각할까? 어쩌면 물려줄 재산이 없는 부모가 매우 원망스러울지도 모를 일이다. (2021)

국화는 다시 피는데
- 고 윤월로 시인을 생각하며

방문을 열까? 말까? 카카오대화방 '쪽빛 문장' 앞에서 망설인다. 혹여 그녀 이름이 '알 수 없음'으로 바뀌었을까 두려워서다. 이 방은 ㄱ자 성을 가진 수필가 셋, 이른바 3K와 고 윤월로 선생이 함께 놀던 단체카톡방이다.

그날은 내 세 번째 시집 출간 축하로 넷이 만나서 나름 고급스러운(?) 점심을 먹고, 아기자기한 피규어가 전시된 찻집에서 오래 수다를 떨었다. 그날 찍은 사진이 많아 쉽게 나누기 위해 내가 카톡방을 만들어 사진을 올렸었다.

그런데 사진만 가져갈 줄 알았던 멤버들이 재치 있는 언어를 줄줄이 풀어놓기 시작했다. 그 쾌활한 모습이 좋아서 투표를 통해 '쪽빛 문장'이란 문패를 달고 군불을 지피기 시작한 지 3년째다.

그런데 올해, 그러니까 2021년 7월 11일 21시, 8년간 이어온 투병 생활에 마침표를 찍고 윤 시인이 우리 곁을 떠났다. 결국 지난여름 출간한 《느티빛 옷을 입다》는 그녀의 마지막 작품집이 된 것이다.

지난해 여름, 책을 받고 왜 그런지 겁이 났었다. 표지가 마치 우리를 등지고 떠나는 시인의 모습 같아서다. 위쪽 높이 초록빛 느티나무 잎들, 아래로 표지의 4분의 3을 차지한 하얀 여백에 멀어져 가는 자그마한 뒷모습의 여인. 그녀는 느티빛 원피스를 입고, 모자를 쓰고, 회색 그림자를 동반하고 있었다. 책을 받자마자 축하 전화를 걸었다.

"윤 선생, 어디 가우? 그런데 표지가 왜 이렇게 슬퍼?"

"권 선생 만나러 가요."

"나 만나러? 그럼 빨리 오세요. 우리 맛있는 것 먹읍시다."

며칠 후 윤 시인과 3K는 둔산에서 모여 식사를 하고 차를 마시며 오래 이야기를 나누었다. 우리는 윤 시인의 시에 관해 이야기했고, 그녀는 자신이 오랫동안 하는 암 투병을 자신감 넘치는 음성으로 얘기해서 우리를 안심시켰다. 이제 암은 다 극복

됐다고 여겨질 정도로….

채운(彩雲) 윤월로 시인, 글 잘 쓰고, 차분하며 사교적인 문인이었다. 젊어서부터 시와 수필을 써 오던 윤 시인은 대전에선 많이 알려진 작가인데, 나는 시작한 지도 얼마 안 되면서, 주로 서울서 문학 활동을 했으므로 서로 알지 못했다.

그녀를 처음 만난 것은 내가 첫 수필집을 출간했을 무렵이었다. 모처럼 참석한 대전 문인협회 송년 행사가 끝나고 음식을 먹던 중, 앞자리 분홍 재킷의 여인이 말을 걸었다.

"권예자 선생님이시죠? 원종린 교수님께서 선생님 수필집을 꼭 읽어 보라고 권하셨는데, 책을 구할 수가 없네요. 한 권 주실 수 있으세요?"

나처럼 몸집이 자그마한데 가늘고 곱기까지 한, 하얀 얼굴이 초면이어도 여러 번 만난 듯 친근했다. 그것을 시작으로 서로의 저서를 주고받으며 우리 인연은 이어졌다. 둘 다 시와 수필을 쓴다는 점은 비슷하지만, 윤 시인은 대전을 대표하는 원로급 작가고, 나는 글로는 후배의 입장이었지만 나이는 오히려 많아서 편했는지 모른다.

교사로 평생을 살아와서 그런지 소리 내어 웃고 떠들 때도 이상하게 조용해만 보이던 사람. 한번은 어느 행사에서 사진을 찍어 주었더니, 마음에 꼭 든다며 수필집《고마운 일상》에 작가 사진으로 넣고는 "예쁜 사진 감사합니다."란 메모와 함께 수필집을 보내온 세심하고 다정한 성품의 사람이었다.

윤 시인은 젊어서부터 열심히 작품 생활을 해 온 만큼 저서도 많다. 신앙 시, 투병 일기를 포함 11권의 정갈한 시집과 따뜻하며 부드럽기가 잔물결 같은 4권의 수필집을 남겼다. 이제 그 작품집들이 그녀를 대신해 우리를 만날 것이다.

장례 둘째 날, 코로나19로 인해 조문이 통제되었지만, 성모병원 장례식장에 조문을 갔다. 생전의 깊은 믿음 생활의 표현이듯 그녀는 '윤월로 장로님'으로 우리를 맞았다. 잘 키운 자녀들의 현재 위치를 말해 주는 것처럼, 입구 건너편까지 줄줄이 늘어선 화환들이 슬프게 화려했다. 빈소에 마지막 인사를 하고 돌아서는데, 평생을 함께하신 고인의 남편께서 앞을 막아서셨다.

"모두 이렇게 건강하신데 이 사람은… 이제 없네요."

발밑으로 툭 떨어지는 눈물이 깨끗하게 시렸다.

"곱고 능력 있는 사람이라 하늘나라에 필요하여 조금 일찍 데려가셨나 봐요.”

위로랍시고 건네는 우리들의 말에,

“그런데, 저도 이 사람이 꼭 필요하거든요. 저하고 같이할 일도 아직 많은데….”

가슴이 뭉클하여 아무 말도 할 수 없었다. 여성문학회원 몇과 나는 식당으로 자리를 옮겨 윤 시인이 마지막으로 건네주는 음료수로 목을 축이고, 그녀의 명복을 빌며 자리를 떠났다. 오후 세 시가 조금 넘었을 뿐인데 하늘이 붉어 보이는 건 그녀의 시 〈노을〉 탓인지도 몰랐다. 내게는 그녀 생의 마감도 아름다운 노을이라 여겨졌으므로.

노을 / 윤월로

세월이 쌓이다 보니
구름도 위로가 된다

저녁노을, 아침노을
찬란한 꽃구름들

내 생의 마감도 누군가에게

그런 노을이기를

국화가 피는 계절이 왔다. 지난가을 윤 시인의 초대로 우리는 유림공원의 국화전시회를 거쳐 카이스트 뒷산을 오래 산책했었다. 그녀는 흰 모자 아래 능소홧빛 재킷을 입고 종달새처럼 즐거워하며 우리를 안내했다. 봄에는 이곳이 벚꽃으로 뒤덮이니 보러 오라고, 가을엔 국화전시회도 꼭 다시 가서 함께 쪽빛 문장 쓰자고.

그러나 이제 시인은 가고 어여쁜 노을 아래 철모르는 국화만 줄줄이 피고 있다, 노랑, 빨강, 보라, 갖가지 빛깔의 웃음을 환하게 뿌리면서….

나는 과감하게 '쪽빛 문장' 방문을 열고 들어선다. 다행히 윤 시인의 이름은 아직 거기 있다. 유가족도 그녀를 떠나보내지 않은 듯하다. 우리에게도 유가족에게도 이별할 시간이 아직 더 필요한 게 틀림없다. 나는 글판을 열고 대화를 올린다.

"윤월로 시인,

거기도 국화가 피었나요?

쪽빛 문장 쓰셨으면 바로 올려 주세요." (2021)

다시 만난 타샤 투더[7]

(Tasha Tudor)

그녀는 말했다. "요즘 사람들은 너무 바쁘게 살아요. 그래서 놓치는 게 많아요. 행복의 비결은 내면의 소리를 듣고 자기 삶을 사는 거잖아요." 작가 겸 화가, 골동품 수집가, 인형 제작 및 공연자, 정원사, 자연주의자. 하는 일도 참 많다.

그런 타샤 투더를 처음 만난 것은 오래전에 읽은《타샤의 그림 인생》에서다. 아니, 어쩌면 그보다 일찍 어린 시절에 읽은《소공

---

7 1938년 그림책《호박 달빛》으로 작가 겸 삽화가로 활동을 시작, 1945년《머더구스》, 1957년《1은 하나》로 각각 콜더컷 메달을, 1971년에 레지나 메달을 수상했다. 고전 명작들에 삽화도 그렸다. 중년 이후에는 코기 코티지의 생활을 다룬《행복한 사람, 타샤 튜더》,《타샤의 정원》, 요리책《코기오두막의 조리법과 추억》등의 논픽션을 썼다. 생애 마지막 작품은 코기 종 개들이 주인공인《코기빌의 크리스마스》다.

녀》,《비밀의 화원》 등의 고전 명작 삽화에서였을지도 모른다. 내가 다시 타샤를 만난 것은 오늘 오후, 전염병으로 외출이 막힌 광복절 연휴에 영화나 보려고 btv를 둘러보던 중에서다.

2018년 개봉한 이 영화는 그녀가 56세부터 생을 마칠 때까지 살며, 손수 가꾸던 미국 버몬트주의 시골 '코기 코티지'를 배경으로 한 다큐멘터리다. 마츠타니 미츠에 감독은 주인공과 나눈 10년간의 인터뷰를 기반으로, 그녀 탄생 100년을 기념하여 일본에서 제작했다.

영화는 눈 내리는 숲을 배경으로, 성탄 카드 속에서 보던 18세기 풍의 농가주택으로부터 시작되었다. 그녀의 그림에 자주 등장하던 토끼를 따라 집 안으로 들어서면, 코기종의 개 한 마리가 거실, 주방, 벽난로를 안내한다. 그리고 밝지 않은 촛불 아래 있는 듯 없는 듯 주름 가득한 노인이 정갈하게 앉아 그림을 그린다. 소리가 멈춘 세상이 거기 있다.

이 집은 그녀의 설계에 맞춰 아들이 지어 준 집이다. 그을리고 낡은 프라이팬을 비롯해 가구나 집기들이 모두 고전적인 것들뿐이다. 1830년대 삶의 방식을 좋아하는 타샤이고 보니, 현대적인 것은 눈을 씻고 보아도 보이지 않는다. 그녀는 과거 속에 머무는 현대인이었다.

1915년 보스턴 명문가에서 태어난 그녀는 2008년에 작고할 때까지 100여 권에 달하는 동화책을 집필했다. 중년 이후에는 버몬트의 '코기 코티지'서 정원을 가꾸고 동물을 기르는 등 자급자족하며 자연주의를 실천했다.

그녀의 그림책에도 자주 등장하는 이 정원은, 더할 수 없이 아름답고 평화로워 '헨리 데이비드 소로'[8]의 '월든 숲'과 더불어 현대인들이 가장 가고 싶어 하는 정원이란다. 그런 곳을 나는 집에 앉아서 천천히 둘러보며 조곤조곤 그녀의 이야기를 듣는다.

"늙는 게 꼭 나쁜 것만은 아니잖아요. 불행하기엔 인생이 너무 짧아요."

그림에서 만났던 구식 옷을 입은 어린이들과 순한 동물이 있는 목가적인 풍경, 그 속에서 식물처럼 움직이는 검소하고 평범한 노인의 모습이 종교이듯 소중하게 펼쳐진다. 사람이나 동물을 그리는 데 그치지 않고, 실물 같은 인형을 만들어 그것으로 공연도 하는데, 그녀가 만든 인형조차 옛사람의 모습이다.

소박한 옷을 입고 커다란 앞치마를 두르고, 맨발로 정원을

---

8 19세기 미국의 시인. 대표작으로 자연과 함께하는 아름다운 삶을 담은 《월든: 숲속의 생활》이 있다.

오가며 장작 스토브로 음식을 만드는 노인의 모습. 나도 그때 그곳 사람인 듯 마음이 차분해졌다.

명문가 출신에 어머니는 화가셨다. 자연스레 마크 트웨인, 소로, 에머슨 등 당대 쟁쟁한 지식인들과의 교류도 많았다. 하지만 타샤는 유명인들과의 사교 모임보다는 혼자서 조용히 집안일을 하는 것이 좋았단다.

삽화가는 사람들 앞에 나서지 않아도 되어 좋다던, 소심한 성격이기도 한 그녀. 삽화를 그리거나 그림책을 만들어 홀로 네 자녀를 키우고 혼인시켜 손자 손녀도 두었다. 그중 둘째 며느리는 한국인이라 반가웠다.

남의 도움을 받아도 벅찰 나이에 스스로 가꾸는 30만여 평의 정원은 철철이 피는 꽃들로 지상 낙원을 이루고 있다. 꽃과 나무를 심고 잡초를 뽑으면서 분신 같은 코기종 강아지를 비롯하여 새, 고양이, 오리, 닭, 등 가축도 그냥 그의 가족이다. 햇살 좋은 날은 테라스에서, 춥거나 비 내리는 날은 구식 책상 앞에 앉아 주변의 모든 것을 그림으로 옮기는 모습이 성스럽기까지 하다.

좋은 날 가족이 방문하면 함께 양초를 만들고, 사과즙을 짜고 산양 젖으로 요구르트를 만든다. 정원에서 딴 과일로 파이를 굽고, 차를 끓인다. 손수 재배한 아마를 자아 천을 짜고 염색하여 옷을 만들어 입는 자연을 닮은 삶. 어찌 보면 20세기에 태어나 21세기를 살던 분이 아닌 19세기 당대의 인물 같다. 짧은 순간도 낭비하지 않고 100여 편의 동화 속에서 살다 떠난.

영화는 93세로 임종한 이후에 그녀의 빈 침대를 보여 주며 끝나지만, 타샤 투더는 늘 가꾸던 정원 잔디밭에 코기와 함께 고즈넉이 앉아 있다. 나도 함께 앉아 자신이 가진 것에서 즐거움을 찾으라던 고요한 물 같은 그녀의 말을 받아 적는다.

"인생은 짧은 것. 내키지 않는 일에 매달려 시간을 허비한다면 너무 바보 같은 짓이에요. 세상엔 무엇이든 마음만 먹으면 즐겁게 할 수 있는 일이 지천으로 널려 있답니다."

창밖에 초가을비가 내린다. 영화 속 거대한 숲에도 안개처럼 비가 내린다. 젊어서는 늘 시간에 쫓겨 동동거렸지만, 노인이 된 지금은 남는 게 시간뿐이건만 무엇 하나 제대로 하지 못하는 내가 타샤와 너무 비교된다.

밥은 말하는 밥솥이, 빨래는 세탁기가, 청소는 로봇청소기가, 반찬은 마트에서 쉽게 해결한다. 그런데도 보내야 할 시와 수필 원고조차 제날짜에 맞추어 보내지 못하다니 한심하다. 타샤 투더는 나보다 훨씬 많은 나이에도 모든 것을 자급자족하며 타인에게 기쁨을 선사했는데 말이다.

한가로운 연휴를 보내다가 스스로 민망하고 부끄러워 부스스 일어나 컴퓨터 전원을 켠다.

"아무리 큰 재물을 준대도 젊은 날로 돌아가고 싶지 않아요. 나이가 들면 더 멋지게 살 수 있는걸요."

'한글 2020' 화면 위로 나직하게 들려오는 그녀의 속삭임이 빗속에 푸르다. (2021)

반려견이 붙인 싸움

공원 산책로에 사람들이 모여 있다. 무슨 일이 있는 듯해 그 쪽으로 발길을 옮겼다. 70대 할아버지와 60대 후반쯤의 여자가 큰 소리로 다투는 중인데 젊은 경찰이 싸움을 말리느라 진땀을 빼지만, 언성은 점점 더 높아진다.

"할아버지가 우리 아기 놀래게 주먹질하고 큰 소리로 욕하셨잖아요."

"뭔 소리여? 그 집 개새끼가 먼저 나한테 짖으며 달려들었잖아. 내가 놀랐는데 그럼 예쁘다고 칭찬해 줄까? 그리고 그게 욕이야? 개새끼보고 개새끼라고 하지 뭐라고 불러? 개 선생님이라고 부를까? 아님, 개 아가씨라고 부를까? 내가 잘못한 게 뭐여? 개 훈련도 안 시켜서 데리고 나온 주제에."

"우리 애는 아무한테나 안 그래요. 할아버지가 이상해서 그렇지."

"내가 이상해? 그럼 내가 개새끼 맘에 들게 허락받고 다닐까?"

"얘는 내 딸과 같아요. 나도 얘한테 욕하지 못해요. 얼마나 영리하고 귀여운데 욕을 해요? 할아버지, 사과하세요."

"그려? 그럼 호적에도 올렸겠네. 그렇게 영리한 딸이면 예의범절도 잘 가르치지 그랬어. 어른 보면 인사하고 조신하게 굴라고. 개한테 사과? 나 참, 별 개소릴 다 듣네."

주위 사람들은 쿡쿡 웃음이 터지는데, 둘은 얼굴이 벌게서 서로 삿대질까지 한다. 그렇게 영리하다는 개는 상황을 아는지 모르는지 주인 곁에서 눈을 희번덕이며 할아버지께 이빨을 드러내고 있다. 검은 털을 가진 시바견의 잡종 같은데 언뜻언뜻 야생의 눈빛이 보여 조금 무섭게 느껴졌다.

주말 저녁이면 우리 공원은 개판이다. 어떨 때는 개가 사람보다 많을 때도 있다. 한 사람이 두세 마리를 끌고 나오기도 하는데, 목줄이 있어도 신이 난 개가 앞서 달리니 주인이 개 목줄에 질질 끌려가기도 한다. 애견 주인끼리는 금방 친해져서 서로 정보를 나누느라 대화가 풍부해진다. 또래 아이 키우는 엄마들이 서로 유익한 정보를 나누듯이.

예쁜 강아지들도 많다. 희고 장난감처럼 작은 강아지들은 어찌나 순하고 귀여운지 나도 모르게 눈 맞추고 쓰다듬으며 주인의 칭찬을 오래 듣기도 한다. 하지만 덩치 큰 개들과 마주치면 나는 무서워서 얼른 방향을 바꾼다. 우리가 단독에서 기르던 진돗개나 스피츠는 덜한데, 이름을 모르는 개들은 덩치가 크면 무조건 겁부터 난다.

어떤 것은 송아지만큼 커도 아주 순하다기에 이름을 물었더니 레트리버라 한다. 생각해 보니 오래전에 읽은 '하라다 마하'의 소설《일 분만 더》의 주인공 '리라'가 골든레트리버였다. 여주인공 '가미야 아이'와 애견 '리라'의 따뜻한 교감을 그린 소설로 당시 감동을 많이 받았던 작품이다.

싸움은 점입가경이다. 주변에서 말려도 먼저 그치는 사람이 없으니 계속 이어진다. 할아버지는 이번에 처음 당하는 것이 아닌 듯, 그 집 개는 별종이라는 둥, 주인 닮아서 개가 독하다는 둥 언성을 높이고, 여자는 할아버지 행동이 안 좋으니 개도 알아보고 짖는다며, 빨리 고치시라고 한다.

그런 와중에도 산책 나온 개들은 다리를 번쩍번쩍 들고 공원 여기저기에 오줌을 싸고 똥을 싼다. 언뜻 개 팔자가 상팔자라던 옛말이 떠오른다. 비닐봉지를 든 주인들이 달려가 똥은 치우지만 소변은 수도 없이 싸도 치울 방법도 생각도 없는 것 같다. 할아버지가 작정한 듯 말을 이어 간다.

"사람이 공원 잔디에 소변을 보면 경범죄 처벌법으로 5만 원의 벌금을 물어야 하는데, 개새끼들은 열 번을 싸도 그냥 두니, 개가 사람보다 높아? 사람보다 영리하다면서 그 교육은 왜 못해? 옷은 잘도 입히면서 기저귀는 왜 안 채워. 배변 봉투 들고 다니며 치우는 척해도 안 보면 그냥들 가잖아. 저기도 봐. 개똥, 안 보여?"

"참, 어이없어. 저거 내가 그랬어요? 나는 절대 안 그래요."

"그걸 어떻게 믿어? 자기들은 다 치운다는데 새벽에 나오면 개똥 천진데."

사람들이 또 킥킥 웃으며 공감을 표시한다. 나도 치우지 않은 변을 날마다 보고 어떤 날은 밟아서 기분을 잡친 적도 많다. 요즘은 주인 없는 떠돌이 개는 거의 없고, 있다 해도 공원까지 찾아와 변을 보지는 않을 것이니 어느 점잖은 집 애완견의 행동임이 분명하긴 하다. 하지만 어쩌겠는가. 법을 모르는 동물의 일이니.

미국의 질병통제센터에 따르면 강아지 배변에는 각종 박테리아, 기생충이 있어 사람에게 질병을 전염시킬 수 있으며, 특히 어린이에 감염시킬 가능성이 있어 조심해야 한단다.

일본에선 지난 2월 신호기 철제 기둥이 내용연수의 반도 안 돼서 갑자기 쓰러져 조사했더니, 개 소변에 들어 있는 염분 등으로 인해 빨리 부식된 것으로 결론이 났단다. 그래서인지 일본에서는 애견인들이 산책할 때는 물병을 들고 다니며 애완견이 소변 본 자리에 물을 부어 희석한다고 한다.

엊그제 뉴스에는 한 시민의 승용차 타이어가 자꾸 오염되고 휠이 부식되어 CCTV를 설치했더니, 여러 마리의 개들이 밤이면 주차된 승용차 타이어에 번갈아 소변을 보는 모습이 찍혔다. 애견 주인들께 항의해도, 그들도 어쩔 수 없단 입장이고 그에 대한 처벌 방법은 없다고 한다. 주인은 별수 없이 밤에 자주 나와서 타이어에 물을 부어 주느라 잠도 못 잔다며 속상해했다.

요즘 사람들은 외롭다. 가족이 있어도 외롭고, 없으면 말할 것도 없다. 그러니 반려견이나 반려묘를 키우는 것이 당연한지 모른다. 나도 작고 예쁜 품종으로 한 마리 키우고 싶지만 내 몸 돌보기도 어려운 처지라 감히 엄두를 내지 못하지만.

우리는 살면서 내가 네가 되고, 네가 내 입장이 되는 경우가 종종 있다. 흔한 얘기로 서로의 처지에서 한 번 더 생각해 보았으면 어떠했을까? 그랬다면 본인은 물론, 휴식을 위해 공원을 찾은 사람 모두가 불쾌해지는 이런 다툼은 없었을 것도 같은데…. (2021)

속담의
속내

카톡에서 신호음이 들린다. 열어 보니 닭과 소가 하소연하는 내용이다. 닭이 말했다. "인간들은 참 나빠. 자기네는 계획해서 아이를 낳으면서, 우리에겐 무조건 알을 많이 낳으래." 소가 대답했다. "그건 아무것도 아니야. 수많은 인간이 내 젖을 먹어도 나를 엄마라고 부르는 놈은 하나도 없잖아." 나도 모르게 웃음이 난다. 웃다가 생각하니 동물 쪽에서 보면 억울하겠단 생각이 든다.

속담이나 우화에 등장하는 동물들이 우리말을 알아들을 수 있다면 이렇게 말할 것 같다. 토끼라면 "내가 바보야? 달리기 시합하다 낮잠 자게. 게다가 간을 빼서 왜 계수나무에 걸어. 내가 인조 토끼야?" 하지 않을까.

특히 개의 입장에서는 억울한 것이 정말 많을 것 같다. 개살구, 개복숭아, 개꽃, 개차반, 우리말에는 정상보다 모자란 것 앞에 '개' 자를 붙이는 일이 허다하다. 그뿐인가. '개 꼬리 삼 년 묻어 두어도 황모 못 된다.', '개를 따라가면 측간으로 간다.', '매달린 개가 누워 있는 개를 비웃는다.' 등등 개 쪽에서 보면 말도 안 되는 속담이 등장하고 있으니 말이다.

더 어이없는 건 보통 때는 반려견이니 애완견이니 하며 시부모보다 더 위해 바치면서도 누가 자기에게 '개 같은 ×'이라고 욕했다고 입에 거품을 물고 싸우는 일도 있으니 개의 입장에서 본다면 인간의 속마음을 알다가도 모를 것이다.

'낮말은 새가 듣고 밤말은 쥐가 듣는다.', '쥐도 새도 모르게'에 등장하는 쥐와 새는 귀가 밝고 바지런한 동물로 보인다. 그러나 그들 입장에서는 첩보원도 아니고 밤낮으로 사람 말을 들어야 할 아무런 이유도 없다.

'할 일 없으면 낮잠이나 자지. 그러다가 쥐구멍에 홍살문 세우겠네.' 하실 독자가 계실지 모른다. 가당치도 않은 글을 주책없이 쓰고 있다는 얘기다. 그런데 요즘엔 그 주책없음이 꼭 필요할지도 모르는 세상이다. 철저하고 곧은 정신으로 살기가 너무 어려워 어영부영 모자란 척 넘어가야 편할 때도 있다.

초등학교 때 배운 우리 시조 속에 담긴 정신도 우리를 피곤하게 할 때가 있다. '가다가 중지 곧 하면 아니 감만 못하니라.' 좋은 말, 맞는 말이다. 하지만 그것도 일에 따라 다르지 않은가. 공부 같으면 가다가 중지해도 한 만큼 이익이고, 어려서 잘못된 길로 들어섰으면 빨리 중지하고 반듯한 길을 찾아야 한다. 자신이 태산으로 보았던 것이 나중에 보니 아니었을 수도 있다.

돈도 벌 만큼 벌었으면 쌓는 걸 좀 늦춰도 되고, 정치권력도 어느 정도 휘둘렀으면 적당히 멈추었으면 얼마나 좋았을까. 아니 감만 못할까 봐 아득바득 죽기 살기로 오르고 지키다 보니 요즘 세상이 깜깜하다 못해 밤에도 환하다.

광화문의 촛불과 대한문의 태극기가 서로 어울려 애국가를 부르면 큰일 나는가? 내가 바르고 정당하면 각자 자신의 길을 잘 가야 하고, 잘못되었으면 스스로 내려오기도 해야 한다. 남을 끌어내리는 일에는 칼칼하고 분명하면서 자신에 대해 반성을 하는 것은 보기 힘들다.

TV나 신문을 보면 우리나라엔 잘난 사람이 차고 넘친다. 그런데 정작 이 나라를 끌고 나가는 것은 평범한 보통 사람들이다. 더구나 그 잘난 사람들이 법보다는 주먹으로, 화합보다는 반목으로 네 편 내 편으로 나뉘어 세 불리기에 급급하다. 칠십 년 동안 다듬고 가꾸어 온 법은 언제 쓰려고 몸이 먼저 바쁜 것인지 모르겠다.

어쩌면 예부터 들어온 '쇠뿔도 단김에 빼라'는 속담의 영향일지도 모른다. '단김'을 한순간에 빼라는 것으로 착각하고 있지는 않은가. 소의 뿔을 뽑을 때는 달군 쇠로 뿔 아랫부분을 지지면 뿔이 뜨거워져서 쉽게 빠진다는 뜻이다. 그러니까 '단김'은 뜨거웠을 때를 말하고, 소뿔도 그냥 마구잡이로 빼지 말고 절차를 갖추어서 빼야 잘 빠진다는 뜻인데, 절차보다는 여론몰이가 더 급하니 세상이 시끄러울 수밖에 없다. 아니, 어떤 이들은 지금이 쇠가 달았을 시간으로 여겼는지도 모르겠다.

어찌 되었든 이제 촛불과 태극기의 기 싸움은 한고비를 넘겼다. 그러나 국민은 불안하다. 가족 간, 친지 간, 동료 간에 보이게 안 보이게 쌓인 서로에 대한 불신이 해소되기까지 얼마나 더 긴 시간이 필요할는지. 모든 책임을 타인에게만 전가하는 고질적인 이기심의 끝은 어디쯤인지.

둘 다 소중한 촛불과 태극기의 물결을 보며, 속담의 속내를 가만히 들여다본다. 거기 깊은 곳에 이런 속담도 있다. 백지장도 맞들면 낫다. 구두장이 셋이 모이면 제갈량보다 낫다. 지금이 바로 내 나라의 앞날을 위해 새롭게 다시 시작할 때가 아닌가. '천 리 길도 한 걸음부터.' (2017)

무성한 입과
쉽게 끓는 냄비

9월 12일 오전, 인터넷 실시간 이슈검색에 '240번 버스 기사'가 떴다. 버스 기사가 네 살 아이만 내려놓고 아이 엄마를 태운 채 출발했다는 것이다. 아이 엄마가 내려 달라고 소리쳐도 내려 주지 않고, 다음 정류장에서 하차한 엄마가 한 정류장을 걸어가서 아이를 만났다는 내용이었다. 미아가 되었으면 어쩔 뻔했느냐면서, 버스 기사를 퇴직시키라고 청와대에 진정해야 한다며 여론이 들끓었다.

그날 그 버스에 동승하여 내용을 직접 보았다는 네티즌들도 줄을 이었다. 시내버스는 퇴근길에다 입석을 고려해도 탈 수 있는 승객수가 50~60명 정도라는데, 버스에 동승해 목격했다는 네티즌은 100명을 훌쩍 넘겼다.

몇 개의 방송 채널에서는 뉴스는 물론 대담 프로그램에서까지 열을 올리고 있었다. 제법 알려진 사회자는 아주 단호한 음성이었다. 자신은 실수 한번 하지 않고 사는 사람 같았다. 만원 버스에서 아이가 떼밀려 내렸다. 사람이 많아 같이 내리지 못한 엄마가 하차할 때는 거의 실신 상태였는데, 버스 기사는 내리는 아이 엄마에게 욕설까지 했단다.

사실 버스 기사가 사람이 많은 버스 안에 있는 승객의 가족관계까지 확인하기는 어렵지만, 그 순간 네티즌들은 기사를 천재의 반열에 올려놓고 있었다. 글을 최초로 올린 네티즌은 '지금 소름이오. 대박 아찔하오.'로 시작해 욕설까지 섞어 글을 올리면서 '너무 화가 나고 눈물이 난다. 신고하러 가겠다. 아기엄마 울부짖는 소리에 가슴이 뛴다.'고 했다. 그렇게 걱정이 되었으면 같이 내려서 아이를 만나도록 동행했어야 마땅하겠지만, 그는 몸을 움직이는 대신 SNS에 자극적이고 감동적인 글만 올렸다.

인터넷에서 냄비가 들썩이며 끓기 시작했다. 버스 기사는 천하에 죽일 놈이 되고, 엄마와 네 살 아기는 가엾은 희생양이 되었다. 기사를 읽은 사람들은 재판관이 되어 스스로 입증하고 판단했다.

보다 못한 버스 기사의 딸이 해명 글을 올렸다. '아버지는 25년간 버스 운전을 했지만, 승객과 마찰 한번 없던 분이다. 이번 여론으로 너무 충격을 받으셨다. 승객이 내린 걸 확인하고 출발하려는데 소리가 들려 다시 문을 열었으나 내리는 사람이 없어 출발했다. 엄마만 남고 아이만 내린 줄도 몰랐고, 알았을 때는 이미 차선을 변경한 후라 위험해서 정차하지 못했으며 욕을 한 적도 없었다.'고.

사건 조사 과정에서 CCTV가 공개되자 상황은 반전되었다. 네 살이라던 아이는 일곱 살로 밝혀졌다. 아이는 떼밀려 내린 것도 아니고 폴짝 뛰어내렸다. 버스 뒷문은 아이가 내린 후에도 잠시 열려 있어 기사가 그냥 출발한 것이 아님도 밝혀졌다.

그날 저녁, 다시 다른 냄비가 끓었다. '엄마는 아이가 내릴 때 도대체 무얼 하고 있었는가. 버스에서 제 아이 손도 안 잡고 방치한 엄마의 잘못이 크다. CCTV 공개를 거부한 이유는 뭐냐?'

네티즌에 동조하던 엄마가 해명했다. '자신은 짐을 두 개나 들고 있었다. 기사님의 처벌을 바란 게 아니고, 그저 사과를 받고 싶었던 것뿐이며 아이가 오픈되는 것이 싫어서 CCTV 공개를 거부했다.'고.

그러자 이번에는 또 다른 냄비가 펄펄 끓어 넘쳤다. '처음 사건 유포자는 제대로 확인도 하지 않고 글을 올렸으니 처벌을 받아 마땅하다. 경찰은 글쓴이를 철저히 조사해야 한다. 경솔한 행동으로 버스 기사만 명예훼손을 당했다.'며 기사를 두둔하기 시작했다. 결국, 처음 글을 올린 네티즌이 사과 글을 올렸지만, 아직도 설왕설래다.

9월 21일 방송된 JTBC 〈썰전〉에 출연한 고정패널 유시민은 이 사건에 대해 "진짜 욕을 먹어야 할 사람은 최초 보도한 언론사다."라 했다. 그 기자는 SNS의 글을 가지고 추가 취재를 하나도 안 하고 보도했다. 기자는 첫 보도 당시 첨부한 삽화에 버스 기사를 사악한 이미지로 표현했지만, 사건의 진상과 자신의 보도가 다르다는 것이 알려지자 이를 다른 삽화로 바꿨다. 일반 네티즌과 기자의 책임을 구분해 준 유시민의 명쾌함에 박수를 보낸다.

그러나 이런 일은 앞으로도 많을 것이다. 익명의 인터넷에서 우리는 모두 입에 제동 장치가 없다. 남에게 상처를 입혔어도 삭제하거나 탈퇴하면 그만인 양심들. 이번에도 어떤 네티즌은 상황이 바뀔 때마다 말 바꾸기를 열심히 했고 나중에는 점잖게 마무리까지 했다지 않는가.

그동안 근거 없는 악성 댓글에 시달리다가 우울증으로 생명을 버린 배우와 그 뒤를 따라 자살한 연예인 가족을 비롯하여 많은 사건이 일어났다. 지금도 인기 절정의 어린 소년그룹 워너원(Wanna One) 멤버들을 상대로 악의적인 루머와 성희롱적 댓글이 많아 소속사가 법적 대응에 나서고 있다니 참 한심하다.

나날이 좋아지는 인터넷의 성능을 우리 의식이 제대로 따라가지 못한다면, 온라인 서비스의 사용에 어느 정도의 규제가 필요할지도 모르겠다. 최소한 SNS에 익명을 사용하는 일이라도 규제했으면 싶다. 모든 네티즌이 본명만 사용한다면, 이번처럼 무차별적 글의 폭력으로 죄 없는 사람이 상처받는 일은 많이 줄어들 것 같다. 누구나 자신의 이름에서는 자유롭지 못하므로.

좋은 것을 좋게 사용하는 것도 일종의 권리이자 의무다. 그런데 나 자신은 잘하고 있는가? (2017)

5부

멈추지 않는 시간

오래된 문우와의 짧은 전화 한 통으로도 기쁨을 느끼는 오늘, 멈추지 않고 흘러가는 이 시간은 얼마나 소중하고 귀한 것인가. 언젠가 이곳을 떠나가야 할 우리 모두에게.

천상으로
시(詩)를 옮기다

그녀는 떠났다. 석별의 인사도 나누지 못하고 급하게 떠나 버렸다. 그가 마지막으로 남긴 것은 불치병 진단을 받던 날 쓴 시 한 편. 조용히 세상에 작별을 고하고 지상에서 천상으로 주소를 이전했다. 수원 연화장 석류실, 새싹이 파릇파릇 올라오는 잔디밭을 지나 우리는 그녀와 헤어지러 갔다. 남편과 자녀들이 지키고 있는 빈소에는 침묵이 고이고, 국화에 둘러싸인 영정 앞에는《시인마을》에 실린 마지막 시가 우리를 맞았다.

낙엽 / 최덕순

특발성 폐섬유화증

불치병 진단을 받은 날

병원 문을 나서는데

하늘도 여전하고

보이는 모두가 그대로 있다

달라진 건 마음 하나

돌이킬 수 없는 내 몸뿐이다

설마에 갇혀

예측 못하던 계절들

평온하던 나뭇잎 사이

벌레 먹은 가을이 슬며시 다가왔다

비밀스런 나이테 속

내 틈을 비집는 뿌연 낙엽들

피할 수 없는 길목

어느새 깊숙이 물이 들었다

머지않아

스스럼없이 떨어져

누군가의 테두리를 스칠 낙엽이다

자신의 불치병을 내게 알린 것은 불과 열흘 전, 나직한 목소리로 전화했다. 그녀는 먼저 허리디스크로 만남의 장소에 나가지 못한 나를 따뜻이 위로하고 나서,

"제가 폐가 굳어 가는 병에 걸렸대요. 불치의 병이라는군요."

듣고도 이해가 안 되었다. 가슴이 먹먹하고 머리가 흔들렸다. 이건 말이 안 되는 일이었다. 늘 내 건강을 염려하던 그녀가 불치병이라니…. 간신히 아주 침착하게 내가 말했다.

"폐가 굳는 병이라고? 너무 걱정하지 마. 우리는 나이가 많아서 폐도 아주 천천히 굳을 거야. 의사 처방대로 급하게 진행되지 않도록 약 잘 챙겨 먹고 다스려서 명대로 살다 가자고. 할 수 있지?"

전화를 끊자마자 감당할 수 없는 눈물이 앞을 가렸다. 최 시인이 떠난단다. 착하고 여린 그 아름다운 사람이…. 그리고 스스로 위로했다. 이제 알았으니 적어도 일 년은 남았겠지. 아니, 육 개월일지도 몰라. 그 안에 잘해 줘야지. 시집도 얼른 엮어 내고, 마무리도 잘하게 도와줘야지.

다음 날 수원에 가서 그녀를 만났다. 기침을 자꾸 했다. 그녀는 "잘 견디고 있으니 걱정하지 마세요." 웃으며 나를 맞았고, "그렇게 믿을게. 힘내!" 우리는 손을 잡고 시선을 맞추며 미소

지었다. 날마다 일도 없이 바쁜 나는 그날도 시간이 빠듯했고, 그녀도 집에 일이 있다고 앞서 나갔다.

평생을 가족들에게 채널을 맞추고 살아왔으면서도 저녁 찬거리를 걱정하며 돌아서던 시인의 뒷모습이 그날은 씩씩하게 고왔다. 어떤 병도 이겨 낼 것처럼.

다음 날부터 전화가 끊겼다. 그녀 전화번호 이외의 연락처를 나는 알지 못했다. 그렇게 사흘을 보내고, 평소 그녀와 가까웠던 H시인께 안부를 부탁했다. 세 시간 후에야 H가 흐느껴 울며 소식을 전했다.

"중환자실에 있는데 오늘내일한대요. 면회도 안 되네요. 선생님 어떡해요? 가여워서…."

첫날이라 빈소는 쓸쓸했다. 자욱한 국화 향기가 이 사람 저 사람의 옷깃에서 사르르 떨고, 문상객의 신발들은 제 주인을 찾는 듯 목을 길게 빼고 기웃거렸다. 시인이 마지막으로 먹여 주는 소고기뭇국을 먹으며 문우들은 그녀의 칭찬에 목이 말랐다. 세상은 정말 달라진 것이 없었다.

나는 왜 시를 쓰는가? 종종 생각한다. 15년 넘게 시인으로 살아도 그 이유를 알지 못한다. 누가 알아주거나 생기는 것도 없다. 그래도 가슴이 뛰면 시를 쓴다. 그냥 쓴다. 오늘 최 시인을 보내면서 생각했다. 그녀도 말했었다.

"시를 쓰고 나면 복잡하던 마음이 개운해져요. 참 이상하죠?"

그래서 그녀는 저 시를 썼을 게다. 누구와 나누어도 개운치 않은 절망적인 마음을 시에 담아 스스로 위로받았을 것이다. 누군가의 가장자리를 스치는 한 개 낙엽의 마음으로 담담하게.

집에 돌아와 '꿈과 두레박' 카페에 그녀의 선종 소식을 알렸다. 시 〈낙엽〉과 그녀의 부드러운 얼굴에 '아름다운 저녁'이라는 음악을 실어서…. 그녀를 처음 만나던 날 내게 보여 주던 시 〈노을의 꼬리〉와 〈노을을 지우다〉가 그 뒤를 따라갔다. 다른 시들도 따라갔을 것이다. 지상에서 천상으로.

거실에 걸려 있는

검붉은 풍경 하나가 지워지자

맥박이 서서히 느려지기 시작했다

- 최덕순 시 〈노을을 지우다〉의 끝 연. (2017)

오래된
통기타가 있어요

언제부터 여기 있었나? 기억이 나지 않는다. 침실 장롱과 벽 사이에 낀 채, 버려져(?) 있는 저 기타. 바디와 헤드, 넥은 다 멀쩡한데 네 번째 줄 하나가 끊어져 있다. 오래전 누가 통기타가 줄이 끊어지자 그냥 놓아두고 잊은 듯하다.

젊어서 한동안 기타를 배웠던 적이 있다. 대전역 부근의 작고 허술한 이 층 사무실서 개인 지도를 받았다. 연세가 많으셨던 선생님께선 오선지에 펜으로 직접 음표를 그려서, 코드 하나 하나를 짚어 가며 가르쳐 주셨다. 첫 연주를 완성한 곡이 〈황성옛터〉였는데 선생님은 좋아하셨지만 나는 왠지 허전하고 답답했다.

두 번째 선생님은 30대 초반의 젊은 분이었다. 멜로디보다는 반주에 비중을 두고 가르쳤고, 나는 그 방법이 좋았다. 우선 코드 몇 개만 잡고도 노래를 부를 수 있었으니까. 〈석별의 정〉, 〈사랑해〉, 〈꽃반지 끼고〉 등 포크송을 부르며 반주를 하니, 내가 숙련된 연주자라도 된 듯 즐겁게 공부했다. 처음으로 영화 주제가인 〈금지된 장난〉을 배울 때는 괜히 으쓱거리기도 했다. 손가락에 물집이 잡히고 아팠지만, 오래되어 굳은살이 박이면 괜찮아진다고 해서 더 열심히 쳤다.

그러나 그 즐거움은 오래가지 못했다. 공무원 순환보직에 따라 공주로 인사 발령이 난 것이다. 당시엔 교통편이 좋지 않아 그곳에서 자취했으므로 퇴근 후에 대전에 와서 기타를 배우는 것은 어림없는 일이어서 결국 그만두었다.

나중에 대전으로 돌아왔지만, 결혼하여 직장과 가정을 오가며 아이들을 키우느라 다른 일은 엄두도 못 내었다. 그렇게 좋아하던 영화도 십 년이나 못 보았으니, 내가 치던 세고비아 통기타는 언제 누구를 주었는지 기억조차 없다. 그때는 주부로, 아이들 엄마로, 또 국가공무원으로 최선을 다하기에도 정신없이 바빴으니까.

다시 통기타를 기억하게 된 건 작은아이가 대학에 다닐 때였다. 어느 날 기타를 들고 들어온 아들이 줄을 교환하느라 애쓰는 모습을 보았다. 나는 무의식중에 기타를 달래서 쉽게 줄을 갈고 대충 튜닝까지 해 주었다. 아들은 깜짝 놀란 듯 여자 친구에게 전화를 걸었다.

"임진아, 우리 엄마가 기타 줄을 갈고 음을 맞춰 주네. 이게 웬일이지?"

나도 놀라긴 마찬가지였다. 내가 아직도 튜너도 없이 튜닝을 할 수 있다는 게 신기했다. 하지만 그뿐, 나는 멜로디도 반주도 제대로 칠 수 없었다. 어려서 좋아했던 기타와의 인연은 그렇게 끝나고 말았다.

줄이 끊어진 기타 얘기를 하려니, 오래되어 낡은 데다가 현이 두 개만 남아 있어도 세상에서 제일 귀한 바이올린이 생각난다. 2013년 영국의 한 경매장에서 무려 90만 파운드(한화 약 15억 4천만 원)에 낙찰되었다는 '월리스 하틀리(Wallce Henry Hartley)'의 유품인 바이올린이다.

1912년 4월 15일 북대서양을 운행하던 호화 여객선 타이태닉호는 빙산에 부딪혀 가라앉기 시작했다. "이 배는 신도 침몰시킬 수 없다."라던 전문가의 호언장담과는 다르게 최초의 항해 중이었다. 객실까지 바닷물이 차오르자 승객들은 침착하게 대응하기보다는 대부분 절망하였고 걷잡을 수 없는 공포로 아비규환이 되었다.

그때, 윌리스가 이끄는 몇 사람의 악사가 갑판에서 연주를 시작했다. 그들은 이성을 잃은 승객들을 진정시키기 위해 탈출을 포기하고 악기를 잡은 것이다. 구조된 사람들의 증언에 의하면 연주는 배가 침몰하기 10분 전까지 계속됐고, 덕분에 승객들은 어느 정도의 질서를 지키며 여자와 어린이부터 구명보트에 태울 수 있었다고 한다. 구명보트가 부족해 탈출을 포기한 승객들은 연주를 들으며 생의 마지막을 맞았단다. 이날 탑승한 2,223명의 승객과 승무원 가운데 1,500여 명이 죽었다.

마지막 순간까지 사랑을 연주하다 죽음을 맞이한 윌리스는 타이태닉 침몰 일주일 후, 바이올린 가방을 몸에 묶은 채 주변 해상에서 발견되었다. 그 바이올린은 약혼녀로부터 선물 받은 것으로, 가방에는 W.H.H.라는 이니셜이 적혀 있고, 몸체에는 "우리의 약혼을 기념하며, 윌리스에게"라는 글자가 새겨져 있었단다. 바이올린은 약혼녀 마리아에게 전해졌으며, 그녀는 그것을 소중히 간직하며 혼자 살다가 세상을 떠났다 한다.

어둡고 차가운 바다에서 눈앞에 닥친 죽음을 앞에 두고, 남을 위해 연주를 한 악사들의 크고 깊은 이웃 사랑에 저절로 고

개가 숙어진다. 실제로는 어떤 곡을 연주했는지 나는 알 수 없다. 하지만 생존자들의 증언에 기초하여 제작된 영화에서 내가 들은 마지막 곡은 가톨릭 성가 151번 〈주여 임하소서〉였다. 이 성가는 개신교 찬송가 338장 〈내 주를 가까이하게 함은〉과 같은 곡이다.

다시 내 기타로 돌아가자. 아들들 집에는 각기 다른 기타가 있고 남편과 나는 기타를 치지 못한다. 그러니 이 기타는 필요한 사람에게 주어야 한다. 윌리스의 바이올린처럼 귀한 것은 아니지만, 누군가에게는 필요할지도 모르니까. 오늘은 네 번째 선을 갈아 끼우고 우리 집 동 호수와 손전화 번호를 적어서 엘리베이터에 붙여 놓아야겠다.

"오래된 통기타가 있어요. 필요하신 분은 연락하세요."

(2021)

마음을 베는 칼

"헌 신발 신고 와서 새 신발 신고 가지 마세요."

번호표를 받아 들고 한참을 기다려 들어가는 '코다리 냉면집'에서 구두를 벗다가 신발장 앞에 써 놓은 큰 글자들에 눈길이 머물렀다. 예전엔 장례식장 같은 데서 신발을 잃어버리는 일이 허다했다. 요즘은 거의 없다고 여겼는데 아직도 그런 일이 일어나는 모양이었다.

그런데 그날 점심을 먹고 나오는데 공교롭게도 내 신발이 없었다. 대신 색깔은 같은 검정이지만, 모양도 다르고, 한 사이즈 정도 큰 것 한 켤레가 남았다. 형편없이 낡은 데다 앞창이 벌어져 신고 다니기도 어려운 상태였다. 들어갈 때 읽은 경고문이 생각나서 왈칵 짜증이 났다. 친구가 선물한 내 구두는 분에 넘치는 좋은 상표 탓인지, 지난번에도 잃었다가 보름 만에 찾은 것이라 더 그랬다.

나도 난감했지만, 함께 간 교우들도 걱정했는데, 눈 밝은 데레사가 말했다.

"저기 봐, 밖에 저분이 신은 것이 헬레나 구두 같은데."

바라보니 일행인 듯한 몇 사람이 커피를 마시고 섰는데, 조금 떨어진 곳에 내 나이 또래의 노인이 신고 있는 것이 틀림없는 내 구두다. 모양이나 색상, 뒤축이 닳아 있는 모습이 그랬다. 나는 다른 생각할 겨를도 없이 헌 구두를 들고 나가서,

"아주머니 그거 제 구두예요. 이걸로 바꿔 신으세요."

명령하듯 말했다. 지금 생각해도 내가 얼마나 냉정하게 말했는지 생각날 정도다. 그분은

"아니, 이거 내 구둔데…."

우물쭈물 말하면서 신발을 바꿔 신더니 지나가는 택시를 잡아타고 휙 떠나 버렸다. 같이 가자고 부르는 일행도 남겨 둔 채.

그날 나는 내 구두를 신고 돌아왔지만 영 마음이 편치 않았다. 함께 갔던 베로니카가 신을 바꿔 신는 그분께 차분히 말하던 모습이 자꾸만 생각나서다.

"천천히 하세요. 급하게 신다가 넘어지세요."

평범하지만 참으로 아름다운 두 마디였다.

베로니카는 나보다 많이 어리다. 모습도 어여쁘지만, 평소에 봉사도 많이 하며 몸가짐이나 말씨에 착한 심성이 묻어난다. 어디서 만나도 정월 초하룻날이고, 언제나 나이 든 어른들을 배려하여 따뜻하기가 옛집 온돌방이다. 좋은 사람들이 모여 있는 곳이지만, 상당히 춥거나 더울 때면 참을성이 없어서 안절부절 회합에 방해를 주는 이도 더러 있는데, 그녀는 어찌 그리도 조신한지 평소에도 눈여겨보는 교우다.

그 일이 있은 지 한참 되었고, 요즘은 건강 문제로 그 회합에서도 빠졌지만, 그 식당에 가서 아직도 붙어 있는 경고문을 읽을 때면 얼굴이 화끈거린다. 남의 신을 바꿔 신은 그분이 잘한 것은 아니지만, 그날 내 행동도 잘한 짓은 아니다. 그분이 일부러 그런 것인지, 실수로 그런 것인지 알 수도 없으려니와 그걸 신고 달아난 것도 아니었다. 또 일부러 바꾸었다 한들 그냥 주어도 괜찮을 만큼 아주 새 신도 아니었는데, 나는 왜 그렇게밖에 말하지 못했을까?

외출을 위해 신발장을 열면, 잘 신지도 않는 신발들이 가지런하다. 부츠, 방한화, 운동화, 등산화, 샌들을 비롯한 적지 않은 구두들, 문제의 구두도 얌전히 앉아 있다. 저렇게 신발이 많은데 그것 하나 없다고 큰일 날 것도 아닌데, 나는 왜 그리 야박했는지 후회가 밀려온다.

어려서부터 말은 사람을 베는 칼이니 잘 골라 써야 한다는 어른들 말씀을 듣고 자랐다. 하지만 이 나이가 되어서도 나는 아직 언어 고르기에 서툴다. 그날 나의 행동은 그분의 마음을 베었고 또 지금까지 내 마음도 베는 중이다.

말 한마디가 남긴 상처가 이렇게 오래가다니 뜻밖이다. 남에게 받은 상처만 오래가는 것이 아니라, 나 자신에게 베인 상처도 참 오래간다는 것을 느낀다.

사람은 죽을 때까지 배워야 한다는 옛말이 진리임을 다시 기억한다. 누구라도 남에게 칼 같은 말을 던질 자격은 없다는 것과 함께…. (2021)

멈추지 않는 시간

카페에 장 선생님이 들어와 계신다. 우리 행사에 빠지지 않는 분이 이번 세미나에 오시지 않은 것이 궁금하던 터라 전화를 드렸다. 통풍은 좀 나아졌는지 다른 곳이 불편하지는 않으신지 여쭈었더니, 병세가 여전해 음식을 많이 가려 먹어야 하고, 오래 걷기도 불편해서 문우들께 폐가 될까 봐 가지 않았다고 하신다. 마음 한편으로 찬바람이 살짝 지나간다.

마침 내가 찍어 올렸던 문학 세미나의 사진을 보는 중이라며, 권 선생은 어쩜 이렇게 모습이 변하지 않느냐며 덕담을 하신다. 적지 않은 나이에 만나 서로의 변화를 자연스럽게 껴안고 늙어 가는 문우들끼리의 암묵적 위로법이다.

한쪽에서 기억력이 없어진다고 한탄을 하면 나도 그렇다 하고, 언제부터인가 글이 삭막해진다고 쓸쓸해하면 나 또한 그러하단다. 이렇게 오래된 문우들은 어디서 만나도 다정다감하다. 지방에 사는 내가 그들을 만나는 일은 잘해야 일 년에 한두 번이 고작이지만, 문우들은 한결같이 반겨 준다.

총회나 세미나에서 여러 사람이 함께 만나는 데다 일정이 빡빡해서 손 한번 잡거나 편한 대화조차 나눌 시간도 없지만, 우리는 얼굴만 보아도 상대의 말을 알아듣고, 따뜻한 마음을 읽어낸다. 문학 기행 가는 버스나 식당에서 또 숙소에서 가까이 앉아도 반갑고 멀리 스쳐도 다정하다. 주어진 시간을 함께 나누는 것은 참 행복한 일이다.

오래전에 본 영화 〈멈춰진 시간〉이 생각난다. 주인공은 우연한 사고로 DNA가 변형되어 늙지를 않는다. 아니, 늙지도 못한다. 그래서 FBI는 그 특이성을 실험 대상으로 삼기 위해 그녀를 추적한다. 자유롭게 살기를 원하는 그녀는 십 년마다 신분을 바꾸고 낯선 곳으로, 더 낯선 곳으로 주거를 변경하며 아슬아슬 살아간다.

어린 딸이 자라 실버타운에 들어가는 할머니가 되어도 백일곱 살 그녀는 스물아홉의 젊음을 유지한다. 명석한 두뇌와 활동적인 몸으로 오래 살고 있으니 참 좋을 것 같지만, 상대와 함께 늙어 갈 자신이 없어 사랑도 오래 하지 못한다. 영화의 엔딩이 어떻게 되었는지는 잊었지만, 영생이 결코 좋은 일이 아니라는 느낌만은 지금도 생생하다.

사실 인간의 생명이 무한한 것이라면 그것을 삶이라 말할 수는 없을 것 같다. 어떤 목적을 위해 노력하거나 사랑하는 사람과의 헤어짐을 안타까워할 이유도 없는 맹물 같은 삶. 죽음이 없는 삶에는 내게 주어진 시간에 대한 축복도 의미도 아쉬움도 없을 것 같다.

헤어진 사람은 영원이라는 시간 속에서 언젠가 다시 만나게 될 테고, 놓친 공부는 하고 싶을 때 하면 그만이다. 아니, 해야 할 이유도 없지 않을까? 돈은 지금 없어도 언젠가는 나에게도 올 기회가 있을 터이니 악착같이 벌 이유도 없을 것이다. 죽음이 없으면 나이가 필요 없고, 어른과 아이의 구별도 무의미하다. 내가 죽지 않으니 대를 이어 갈 필요도, 자식에 대한 끈끈한 사랑이 무엇인지도 모를 것이다.

다행하게도 우리의 삶은 유한하다. 그래서 함께 늙어 가며 추억을 만들고, 아픔을 위로하고 나눌 수 있는 것이다. 유한한 시간을 조금이라도 아껴서 잘 쓰려고 지식을 쌓고 운동을 한다. 좋은 사람과 손을 잡고 예쁜 가정을 꾸린다. 친구를 만나 차를 마시며 음악도 듣는다. 그뿐인가. 아프면 약을 먹고 치료를 받으면서 조금이라도 더 건강하게 오래 살기 위해 노력한다. 이 모든 노력의 과정은 정말 아름답다.

오래된 문우와의 짧은 전화 한 통으로도 기쁨을 느끼는 오늘, 멈추지 않고 흘러가는 이 시간은 얼마나 소중하고 귀한 것인가. 언젠가 이곳을 떠나가야 할 우리 모두에게. (2019)

구피
입원실

우리 집엔 물고기 병실이 있다. 작은 수족관에 구피 백여 마리를 키우는데 손이 많이 가지 않고 잘 자란다. 손녀에게서 세 마리를 받아 키운 지 벌써 8년이다. 그동안 많이 번식하여 이 집 저 집 자주 나누어 주었어도 자꾸 늘어난다.

구피는 알을 낳지 않고 새끼를 낳는다. 낳자마자 제 어미에게 잡아먹히기도 하지만, 어미를 해산방에 넣어 놓고 낳으면 바로 옮겨서 기르면 된다. 콕 찍은 점만 한 새끼들이 자라 꼬리에 붉은 물이 들 무렵 수족관에 넣어 주고는 그들이 적응하는 모습을 보는 일은 심심치 않은 즐거움이다.

그런데 작년 여름이 지난 후 기형의 구피가 눈에 띄었다. 등에서 꼬리로 가는 부분이 S자로 휘어서 움직임이 둔해 보이는 것이다. 처음엔 조금 구부러졌더니 며칠 지나니 점점 더 휘어져 수평으로 헤엄을 치지도 못하고 수직으로만 움직이고 있었다. 먹이를 주면 다른 놈들은 이리저리 다니며 잘 먹는데 이놈은 느려서 먹지도 못하는 것 같았다.

물고기 파는 가게에 가져가서 물어보니 부채꼴 모양의 꼬리가 좁아지다가 뾰족해져 몸통과 일자가 되는 바늘꼬리병이나, 배에 복수가 차서 몸이 동그래지는 솔방울병은 아니라면서 물갈이할 때마다 천일염을 조금씩 넣어 보란다. 그리고 물고기도 더러 기형이 있으며 타고난 기형에는 별다른 방법이 없다고 한다.

말 못 하는 생물인데 수족관에 구피 병원이 있는 것도 아니고 저희끼리 도와주지도 못하는 것으로 보여 작은 어항에 따로 옮겨서 키웠다. 먹이라도 경쟁 없이 편하게 먹이고 싶은 마음이었다. 어항이 작아서 그런지 그래도 수직으로만 헤엄치지 않고 좌우로도 다녀 조금은 안심을 했다. 그런데 며칠 후에 보니 그런 몸을 가진 구피가 또 눈에 띄었다.

이상했다. 이게 어쩌면 전염병인지도 모른다는 생각에 얼른 건져서 옮겨 놓았다. 전염성이 없다고 해도 혹여 친지들에게 나누어 줄 때 저렇게 몸이 기형인 것이 딸려 갈까 걱정도 되었다.

다른 놈들보다 예쁘지 못해서 새 주인의 눈 밖에 나면 불쌍할 것 같아서다. 결국 작고 둥근 어항은 구피의 입원실이 되었다.

처음에 한 마리로 시작한 것이 수가 늘어 여섯 마리가 되었다. 그중에는 눈 옆에 작은 혹이 있는데 그 혹이 자꾸 커져서 입원시킨 것도 있고, 모습이 암놈인지 수놈인지도 모르는 긴 갈치처럼 생긴 것도 눈에 띄었다. 등허리에 살이 비어져 나와 꽃이 핀 것처럼 보이는 놈도 있었다.

한 달쯤 지났을 때 한 마리가 죽었다. 세로로 헤엄치던 큰 놈인데 움직임이 점점 둔해지더니 어느 날 더는 움직이지 않았다. 다음으로 등에 꽃이 핀 놈이 꽃술 가운데서 자꾸 실이 풀려 나오더니 그 실에 엉켜 죽은 채 발견되었다. 다음에 등이 굽은 어린 놈이 죽고, 뒤따라 눈 옆에 혹이 있는 놈이 숨을 멈추었다. 그 혹이 자꾸 커져서 시신경을 자극한 것이 아닌가 생각되었다.

이렇게 되니 구피 입원실은 요양병원이나 호스피스 병동처럼 여겨졌다. 들어오기는 해도 살아 나가지는 못하는 자그마한 병동인 것이다. 약도 치료도 받아 보지 못한 채 떠나가는 구피들. 그들이 이렇게 어항에 갇혀 살지 않고 자연에서 살았으면 어땠을까 싶기도 하지만, 거기서 나서 거기서 살다 죽는 게 그들의 운명이니 어쩔 수 없는 일이다. 안타깝다고 제 조상이 살던 본향으로 돌려보낼 방법도 내겐 없다.

우리 집 수족관에서 나서 어항에서 죽어 가는 구피의 일생이 어쩌면 우리 인간과 같다는 생각도 든다. 우리도 지구라는 행성에서 태어나 지구에 몸을 묻는다. 대부분 한 나라, 한 지역에서 살아가지만 다른 곳에서 산다고 해도 아직은 다른 행성에서 사는 사람은 없다. 다만 사람들은 자신을 만물의 영장이라고 하면서 특별하게 여길 뿐이다. 그렇거나 저러하거나 생물은 태어나면서부터 죽음을 향해 걸어간다. 그래서 그사이의 시간이 귀하고 또 귀하다.

누군가를 위해서 또 무엇인가를 위해서 충실하게 살지 않으면 수많은 경쟁을 거쳐 태어난 의미가 없다. 자신을 위해서 최선을 다해 사는 사람은 멋있다. 그는 최소한 남의 짐이 되는 일은 없으니까. 자신을 갈무리하면서 남을 돕고 사는 사람은 존경스럽다. 그들은 사회를 밝고 아름답게 만든다. 인간이 다른 생물과 다른 점은 나 혼자만을 위해서 살지 않고 주변을 돌아보며 산다는 점일 것이다.

몸이 불편한 이웃을 만나면 무언가 도움을 주고 싶은 마음이 생기고, 큰 도움은 주지 못해도 그들을 위한 양보만이라도 하는 것이 대부분 사람의 본성이다. 그래서 몸이 불편한 사람이라고 해서 그들끼리 살게 하지는 않는다.

상대적으로 어떻게 느낄지 몰라도 어항 속의 구피처럼 성한 놈 저희끼리만 먹거나 활개 치고 다니지는 않는다. 이런 본성이 인간을 만물의 영장이라며 자부심을 품게 하는 힘일지도 모르겠다.

그동안 약도 사다 넣어 주고 물도 더 자주 갈아 주며 공을 들인 탓인지, 오늘 먹이를 주다 살펴보니 갈치처럼 생겼던 구피의 배 부분이 통통해졌다. 꼬리에도 볼그스레한 물이 들었다. 며칠만 지나면 큰 수족관에 옮겨 주어도 될 것 같다. 우리 집 작은 어항은 요양병원이 아닌 건강하게 퇴원할 수도 있는 일반 병실임이 틀림없다. 야호! 성공이다. 이제부터 나도 병원장인가?
(2019)

수제비와
송년회

수제비를 먹는다. 음식을 혼자 사 먹기는 조금 난처한데, 분식집에는 혼자서도 잘 간다. 역류성 위염이 있어서 밀가루 음식은 삼가라는 의사의 권유에도 워낙 칼국수와 수제비를 좋아하므로 종종 들르고는 한다.

표준어로는 수제비, 문화어로는 밀가루뜨더국이라 불리는 전통음식 수제비. 전쟁을 겪은 사람들에게는 원조받은 밀가루로 해 먹던 천한 음식으로 인식되지만, 조선 시대의 수제비는 운두병(雲頭餠), 영롱발어(玲瓏撥魚), 산약발어(山藥撥魚)라고 불리는 양반가의 특별 음식이었다고 한다.

영롱발어, 뚝뚝 떼어 넣은 밀가루 반죽이 익어 채소 사이에 둥둥 떠 있는 것을 물고기가 헤엄치는 모습으로 보아 붙여진 이름이란다. 그러고 보면 나는 지금 선조들의 낭만을 한 수저씩 떠먹는 셈이다. 그래서인지 갑자기 오래전 어느 송별회 날로 마음이 날아간다.

혜화역 3번 출구 근처 '두레'라는 아담한 분식카페(?)에서 수제비를 먹었다. 창문을 제외한 벽에는 오페라 공연 사진이 촘촘히 붙어 있고, 오디오에선 아리아가 흘러나오는 독특한 곳. 우리는 세 종류의 수제비와 별미 떡볶이를 시키고는 음악에 잠겼다. 카페 주인이기도 한 동임에게 물었다.

"왜 수제비를 좋아하나요?"

"여러 가지 재료를 곁들여 다양한 맛을 느낄 수 있고 부드러워서."

오페라 연출가인 남편을 도와 기획, 의상, 소품, 홍보를 거뜬히 담당하며, 우리나라 조각보를 예술작품으로 승화시키고, 전통예술에 대해 끊임없이 공부하는 그녀의 말이다. 그림을 그리는 수향에게 같은 질문을 했더니,

"그냥 수제비가 좋아요. 이유는 모르지만 그냥…."

우리는 '그냥'이란 말이 편안하고 좋아서 호호 웃었다. 두 아이를 돌보며 그림만 그리라는 남편의 말도 마다하고, 편하면 늘

어져서 안 된다며 막 창업한 미래가 불투명한 회사에 소신 있게 출근하는 그녀는 가장 젊고 당당하다. 아이들이 초등학교 고학년이지만 아가씨같이 상큼하다.

재미있는 것은 신혼여행 길에 이곳 대학로에 들렀다가 남편과 둘이 재미로 사주와 궁합을 보았더니, 평생 싸우고 살 것이니 절대 결혼하지 말라 하더란다. 그러나 사이좋게 잘만 사는 그녀 부부는 우리 부러움의 대상이기도 했다.

리아의 이야기는 또 달랐다.

"저는 할머니 때문에 좋아하는 것 같아요. 우리 할머니는 여자가 어려서 거친 음식을 먹고 자라면 귀부인이 될 수 없다며, 귀한 음식만 먹어야 한댔어요. 제가 수제비를 먹으면 야단을 치셨어요. 그래서 어려선 못 먹었지요. 그때의 욕구불만이 수제비를 좋아하게 변한 것 같아요."

우리는 또 웃으면서, "리아는 그래서 귀부인이 되었나 보다." 했다. 사실 그녀는 아름다운 모습과 고운 말씨를 가졌고, 형편도 좋아서 그 지역에서는 귀부인에 속한다. 동화를 쓰며 그래픽디자인을 하고, 출판사까지 운영하는 리아. 그날도 일이 밀려서 움쩍할 시간이 없다고 하면서도, 막차로 내려가 밤을 새울 각오로 올라왔다고 했다.

"언니 책은 꼭 제가 만들어 드릴 거예요." 했는데 내가 몇 번이나 어겨서 미안했는데 그녀는 오히려 내 책이 예쁘다며 축하를 해 주곤 했다.

내 이야기는 할 것도 없었다. 먹을 것이 없고 가난해서 자주 먹다가 정든 음식이니까. 강냉이죽과 수제비와 보리밥. 전쟁 끝에 우리 세대들이 자주 먹던 음식 톱 쓰리다. 나는 입이 짧아서 그 어려운 상황에서도 죽은 손도 대기 싫었고, 보리밥은 목에 걸려서 넘어가지 않아 그냥 굶었다. 지금도 아무리 맛있는 보리밥집에 가서도 쌀밥을 달라고 할 정도로 싫어하는데, 이상하게 수제비는 싫증이 나지 않았다.

〈남몰래 흐르는 눈물〉을 들으며 수제비를 먹던 여자들. 그러나 아무도 울지는 않았다. 음악이 바로 〈여자의 마음〉을 넘어 〈오페라의 유령〉으로 바뀌었으니까. 우리는 행복한 식사를 끝내고 유자차를 달게 마시고는 송년회 장소로 이동했다.

개성이 각기 다른 열다섯 점의 그림과 커다랗게 벽에 부착된 시화들, 그리고 아기자기한 공예품을 돌아보며 나름의 감상평도 잊지 않았다. 그중에는 내 시화와 수향이의 그림, 동임의 조각보도 있었다.

우리나라에서는 개봉도 되지 않은 쿠바 영화도 다 함께 보았지만 무슨 내용이었는지 기억이 나지 않는다. 판소리, 대금 연주, 포크댄스와 시 낭송이 이어지고, 마지막으로 사물놀이로 그날의 송년회는 마무리되었다. 날씬한 몸매에 날렵한 손끝으로 전통 탱화를 그리는 장구재비 미숙이가 연주하면서 우리에게 보내 준 윙크가 아이스크림처럼 달콤했다.

그날 수향이와 나는 아슬아슬하게 막차를 타고 자정이 넘어 대전에 도착했고, 막차마저 놓친 리아는 서울에서 마산까지 택시로 내려가서 한동안 남편에게 눈총을 받았다고 했다. 오래전에 있던 문화예술학과의 송년회 풍경이다.

수제비, 기록에는 국수의 전신이니, 양반들의 특별 음식이니 하지만, 내 생각은 다르다. 어느 날 칼국수를 하려고 밀가루 반죽을 하던 착한 아낙이 실수로 물을 덜컥 부어 반죽이 질어졌을 것이다. 그녀는 기지를 발휘해서, 끓는 물에 질척한 반죽을 뚝뚝 떼어 넣고 채소를 곁들여 수제비를 만들지 않았을까? 우리가 젊어서 놓쳤던 대학 공부를 뒤늦게 시작하면서, 새로운 자기계발로 오늘에 이른 것처럼.

따져 보면 성공은 대단한 것이 아니다. 실패를 잘 견디어 내는 것 자체가 성공이고, 더 많은 실패를 극복해 낼수록 크게 성공한 사람이라고 생각된다. 그리 보면 그날 송년회 장소에 있던 네 사람도 나름 각각의 성공을 거둔 셈이다. 자기 분야에 충실해서 요즘은 함께 만나기도 어려워졌다. 어쩌면 우리는 만날 수 없어서 더 행복한지도 모른다. 그리워할 사람이 있으므로.

(2019)

예약된
이별

“하느님, 또 하루를 주셨네요. 고맙습니다.”

눈을 뜨자마자 잠자리에서 일어나며 하는 감사로 나의 아침은 시작된다. 지난밤 복잡한 일로 전전긍긍하다 간신히 잠이 들었을지라도 아침이 반겨지는 건 오래된 나의 습관이다.

주부인 내가 제일 먼저 자리하는 곳은 주방. 조그맣게 라디오를 켜고, 밥을 짓고 찬을 준비한다. 그 아침에 라디오를 통해 들은 첫 뉴스나 노래는 그날 일과에 계속해서 어필한다. 길을 가다가 물건을 사다가 시도 때도 없이 입술을 새어 나오는 노래에 당황한 적도 여러 번이다. 그런데 오늘은 라디오 스위치에 손이 가기 전 10층 어르신이 먼저 생각의 틈을 비집고 들어온다.

그분은 어제 세상을 떠나셨다. 아니, 정확히 어제인지 그제인지는 한집에 사는 아내도 잘 모른단다. 아침 준비를 마친 아내가 식사하시라고 들어가 보니 차디찬 시신으로 변해 있었다고 한다. 향년 84세, 사람들은 애도하는 가운데도 죽음 복을 타셨다고 부러워하였지만, 자녀들은 물론 고인과 단둘이 살던 아내야 얼마나 기가 막히고 허망할까.

교통사고의 후유증으로 목이 90도로 꺾이고 등이 휘어 하늘을 올려보지 못하며, 바짝 마른 껑충한 몸을 지팡이에 의지해 느릿느릿 바람에 떠밀리듯 오가던 남자. 객지에 사는 성공한 자식들과 화려하게 나이 든 아내가 있었지만, 아파트 사람들 누구에게도 가족과 함께하는 모습은 보여 주지는 않았던 남자. 혹여 가족들이 부끄러워할까 그랬는지 성당에 올 때도 혼자 오고 미사도 아내와는 뚝 떨어진 자리에 앉아 드리다가 종래에는 그마저 그만두었던 분.

아파트 한 통로에 사셔서 승강기나 길에서 만나 인사를 건네면 총기 좋게 알아보시고 "먼저 가세요. 어서 가세요." 하며 혹여 내가 불편할까 비켜 주던 모습이 어른거린다. 어제도 그랬다. 날씨가 상당히 추워서 모자에 장갑, 마스크까지 쓰고 주차장 옆 계단을 오르다가 그 어른을 만났다. "이렇게 추운데 복지

관 다녀오세요?" 하며 인사를 했더니 "네, 어서 먼저 올라가세요." 여전히 배려하셨다.

집에 들어와 옷을 갈아입고 베란다서 보니, 천천히, 아주 느리게 단지를 걸어오는 모습이 보였다. 소한 추위에 남들이 20분이면 갈 수 있는 거리를 한 시간 이상 걸었으니 많이 추우시겠구나 싶었지만, 그것이 그분의 마지막 발걸음이었음을 알지 못했다.

아내도 차가 있고 택시를 타면 될 형편이지만, 불편한 몸으로 차에 오르내리는 데 시간이 걸려 기사에게 미안하다고 했다. 더 중요한 것은 운동하지 않으면 몸의 근육이 굳어지므로 일부러 걸어 다닌다고도 하셨다.

장례식장엔 조문객이 많았다. 신자들의 연도도 계속되었다. 사람들은 영정사진을 보며 고인의 반듯하고 잘생긴 모습을 칭송했다. 언제나 혼자서 땅만 보며 느릿느릿 걷던 그 어른임을 알아보는 이는 별로 없었다. 그는 마지막 순간이 되어서야 하늘을 향해 고개를 반듯이 펴고 가족들의 당당한 가장으로 세상과 작별한 것이다.

수필과 희곡을 쓰시는 김용복 선생님은 애처가시다. 그는 아내를 '우선순위'라고 부른다. 세상에 중요한 것들이 많지만 선생님께는 치매에 걸려 어린아이가 되어 버린 아내가 모든 일, 모든 사람보다 우선이란다. 하느님이나 부처님도 후순위라고 하신다. 어디를 가도 손잡고 가고 시선이 마주칠 때마다 웃는 사이란다.

'사랑하던 연인과 만나서 행복하게 해로한다는 것은 신이 내린 엄청난 축복이다. 그 축복을 나는 지금 누리고 있다. 내 우선순위가 곁에서 숨을 쉬면서 나와 눈동자를 마주쳐 주고 있기 때문이다. 그가 웃으면 나도 웃는다. 그가 배고파하면 나도 배가 고프고, 그가 어딘지 아프다 하면 불안한 마음에 나도 아프다.'

이것은 선생님의 수필 〈시선이 마주칠 때마다〉의 한 대목이다.

정성껏 새로 담가 놓은 열무김치에 젓국을 듬뿍 넣어 버린 아내. 그걸 모르고 마셨던 선생님이 얼른 뱉어 내고 물로 입을 헹구며 서글픈 미소를 짓는다. 그러면 천진한 아내도 환한 미소로 응대해 준다. 실수하고 또 하더라도 곁에서 함께 웃어 주고 숨만 쉬는 것도 고맙다는 김 선생님. 이기적인 나에게는 없는 참사랑을 가르치는 분이시다.

내가 어렸을 적엔 어떤 가정이든 남편이 주인공이고 아내는 양보하고 배려하는 것을 당연하게 여겼다. 그런데 요즘엔 위에 두 남편처럼 오히려 아내의 입장을 먼저 생각하고 병든 아내를 돌보는 남편들도 적지 않다. 가족제도가 변하고 핵가족화되면서, 또 수명이 길어질수록 배우자가 서로에게 가장 중요한 사람이 된 것이다.

나도 그렇다. 아이들이 어릴 때는 거의 두 아들 위주로 살다시피 했고 남편은 그다음이었다. 그런데 요즘 내가 가장 신경을 많이 쓰게 되는 사람은 남편이다. 어떤 일에서나 한결같이 내 편이 되어 주는 사람도 남편이다. 몇십 년을 함께했어도 서로에게 익숙하지 못한 부분도 있고, 의견 일치가 안 돼서 다투는 일도 있지만, 언제부터인지 내 우선순위도 그가 되었다.

세월은 쉬지 않고 간다. 아무리 성능 좋은 총이라도 세월을 죽이지 못하며, 후회는 아무리 빨리해도 늦은 것이라고 한다. 이별은 이미 예약되어 있는데 우리는 그 시간을 알 수 없을 뿐이다. 언제 어떤 형태로 찾아올지. 내일도 오늘처럼 아침기도를 드리게 될지…. 그러니 오늘을 더 귀하고 예쁘게 살아야겠다. (2018)

보문산에서
보물을 찾다

좀처럼 비가 내리지 않는 메마른 봄이다. 보문산 산책로에도 마른 가랑잎이 바람을 타고 이쪽저쪽 날개 달린 듯 날아다닌다. 가뭄이 긴 탓인지 전국에 산불이 만연했다. 울진, 강릉, 동해, 삼척이 열흘이 넘도록 무시무시한 불꽃 능선을 그었다. 해마다 그렇긴 하지만, 올해는 그 빈도가 잦고 시간도 길었다. 이번 동해안 산불은 20년 만에 최대 규모로 축구장 이만여 개가 넘는 산림이 잿더미로 변했고, 시설 피해는 물론 수많은 이재민을 양산했다.

엊그제도 친구가 사는 양양에 산불 뉴스가 있어 전화했더니, 바로 옆 동네서 불이 났는데 다행히 바람이 바다 쪽으로 불어서 위험을 면했단다. 여차하면 대피할 준비를 하고 대기하며 긴 밤을 새웠다고 했다.

그래도 계절은 어찌 이리도 당당한지 이 산 저 산, 이 마을 저 동네엔 봄꽃이 흐드러지게 피었다가 변심한 연인처럼 급하게 떠나가는 중이다. 뒤를 이어 초록이 슬며시 자리를 잡기 시작했다.

시내버스를 타고 한밭도서관 앞에서 내려 청년광장 근처, 고촉사 입구에서 야외음악당 쪽 산책로를 걷는다. 혼자 걷기엔 짧지 않은 길이라 손전화에 담긴 K 성악가와 함께 걷는다. 이 가수는 현재 군 대체 복무 중이지만, 어려서부터 해 온 기부 활동만은 멈추지 않고 있다고 한다. 그의 선한 영향을 받은 팬들도 보름이 멀다 하고 사회의 그늘진 곳을 찾아 기부와 봉사를 하고 있어 군백기[9]가 없는 가수로 이름을 날리고 있다. 얼마 전 동해안 산불에도 팬카페는 2억7천3백만 원의 기부금을 전달했다.

오늘도 산책로엔 사람이 많다. 그래도 아직은 봄이라는 듯 키 큰 벚나무에선 봄비 내리듯 간간이 꽃잎이 흩날린다. 갑자기 환하게 핀 벚꽃보다 바람 타고 날리는 꽃잎을 더 좋아했던

9 연예인들이 군에 입대한 후 제대할 때까지 활동하지 못해 발생하는 침체기를 이르는 말.

옛 친구가 생각난다. 그는 말했었다. 가지에 머문 꽃에는 욕심이 머물어도 날리는 꽃잎엔 해탈이 있을 뿐이라고…. 그래서 그는 적당한 나이에 해탈하듯 이승을 떠났나 보다.

대전에서 나서 자란 나는 보문산에 추억이 많다. 어려서는 종종 이곳으로 소풍을 왔었다. 공직 생활을 할 때는 식목일마다 이 산에 나무를 심었고, 관서의 단합대회도 사정공원이나 전망대, 야외음악당 부근서 했다. 아이들을 키울 때는 어린이날이 되면 놀이공원 '그린랜드'에서 회전목마를 타거나 여름엔 작은 야외 수영장에 들렀다. 케이블카도 탔다.

첫 수필집 발간 후에는 책에 실린 보문산이 궁금하다며 찾아온, 독자나 문우들과 전망대로부터 1,300년 전 백제 산성과 장대루, 시루봉을 거쳐 만해 한용운과 박용래 시비가 있는 사정공원을 안내하곤 했다. 함께 산책로를 걷거나 보리밥을 먹으며 시와 수필에 관해 대담하던 행복한 시간도 많았다.

보문산에는 두 개의 전설이 있다. 대사동 쪽 보문산 입구에는 동전이 쏟아져 나오는 주머니 조형물과 함께 지명(地名)의 유래가 적혀 있다.

옛날 노부모를 모시고 사는 착한 나무꾼이 있었는데, 효성이

지극하여 그 소문이 이웃 마을까지 퍼져 있었다. 그런 그에게는 술만 먹고 주정을 일삼는 형이 있어 부모와 동생을 몹시 괴롭혔다.

어느 날 동생이 나무를 한 짐 지고 내려오는 길에 조그만 옹달샘 옆에서 잠시 쉬게 되었다. 그런데 샘 옆 따가운 햇볕 아래서 물고기 한 마리가 죽어 가고 있는 것이 보였다. 가엾이 여긴 나무꾼이 얼른 샘물 속에 넣어 주자, 고맙다는 인사를 하는 듯 꼬리를 흔들며 사라졌다. 조금 후에 보니 물고기가 있던 자리에 예쁜 주머니 하나가 놓여 있고, '은혜 갚는 주머니'라는 글자가 쓰여 있었다. 그는 신기하게 생각하고 집에 돌아와 동전 하나를 넣었더니 동전이 마구 쏟아지는 것이었다.

그렇게 나무꾼은 큰 부자가 되었다. 이런 사실은 알게 된 형이 그 보물 주머니를 빼앗을 욕심으로 주머니를 한번 보여 달라고 했다. 동생이 주머니를 내보이자 형은 주머니를 가지고 달아나려 했고, 눈치챈 동생이 형을 쫓아 옥신각신하는 통에 그만 주머니가 밟혀 그 안에 흙이 들어갔다. 그러자 주머니에서 흙이 걷잡을 수 없이 쏟아져 큰 산을 이루었다. 해서 이 산에 보물 주머니가 묻혀 있다 하여 이름을 보물산이라 불렀다가, 후에 보문산으로 고쳐 부르게 되었다고 한다.

그런가 하면 다른 전설도 있는데, 어느 현명한 부자가 많은 보물을 가지고 있었단다. 그는 대전 남서쪽의 큰 산 적당한 곳에 보물을 숨겼다가 중요한 때에 찾아서 쓰려고 하였다. 그런데 그 일을 맡은 늙은 종이 보물을 숨기고 돌아오는 길에 그만 세상을 떠났다 한다. 후에 자식들이 그것을 알고 산골짜기마다 다 뒤져 보았지만, 보물을 찾지 못하였다. 그 일로 처음엔 산 이름이 보물산이던 것이 세월이 가면서 보문산이라고 바뀌었단다.

나는 두 전설 중 두 번째 것을 좋아한다. 전에는 그 보물이라는 것이 이 산이 지닌 온갖 아름다움을 말했던 것으로 생각했었다. 그런데 지금 생각하니 이 산을 다녀간 사람들이 남기고 간 수많은 추억이 진짜 보물이 아닐까 싶은 생각이 든다.

오늘처럼 봄비가 내리지 않는 메마른 봄날에도 마음을 촉촉하게 적셔 주는 곱디고운 추억들이 묻혀 있는 산. 나의 글벗은 물론 어릴 적 친구들의 흔적도 차곡차곡 담겨 있는 보물산. 오늘은 진주보다 귀한 추억 몇 점을 꺼내 음미하며 천천히 보문산 산책로를 걷는다. 문득 그들이 보고 싶다. 아주 많이…. (2022)

어디쯤
가고 있을까

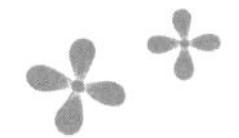

사월 중순 상해의 기온은 높았다. 김가항(金家巷) 성당에서 미사를 드리는 우리들의 마음도 뜨거웠다. 미사를 집전하는 김 라파엘 신부님도, 특별 강론을 하신 최 카시미로 형제의 음성도 떨렸다. 이곳이 우리나라의 첫 사제가 서품을 받으신 곳이다.

1845년 8월 17일 김대건 신부가 조선교구장 페레올 주교로부터 사제서품을 받은 김가항 성당은 한국가톨릭교회의 중요 사적지다. 그러나 원래의 성당은 도시 개발로 철거되었고 그 자리에서 1㎞ 떨어진 현재의 위치에 신축되었다.

철거 당시 그곳 성당 건축 자재들은 우리나라에 가져와 보관하다가 은이성지(隱里聖地)를 재건할 때 자재로 활용하였다. 용인에 자리한 은이성지는 김대건 신부가 모방 신부로부터 세례를 받고 신학생으로 선발된 곳이며, 사제가 된 후 귀국하여 첫 사목 활동을 한 곳이다. 또 김대건 신부가 순교하기 전 마지막 미사를 드린 곳이기도 하다.

김가항 성당은 둥근 몸체 위에 성모상을 세워 멀리서도 그곳이 성당임을 알 수 있었다. 제대 위의 십자고상과 벽면의 커다란 성화가 눈을 끌었지만 우리는 모두 먹먹한 안타까움을 느꼈다. 성당이 정부의 통제를 받는 곳임을 짐작했기 때문이다. 중국은 종교의 자유가 허용되었지만, 아직 선교 활동이 제한적이며 교회를 짓는 일도 관의 허락을 받아야 한단다.

그런 형편에서도 교포 신자들은 성당 재대 뒤쪽에 자그마한 경당을 짓고 굳은 신앙을 지켜 오고 있었다. 안에는 김대건 신부님의 유해와 성상, 감실, 십자고상과 십사처도 모셔져 있다. 천장이 참 특이했다. 이 작은 경당 안에서만은 신앙생활이 자유롭다고 말하는 앳된 자매들의 상기된 얼굴을 보면서 눈물이 핑 돌았다.

'성 김대건 안드레아 사제순교자 기념경당'의 전체 모양은 하늘을 바다 삼아 떠가는 배의 보양인데, 이것은 네 가지 상징성을 지녔다고 했다.

첫째는 구약성경에 나오는 노아의 방주다. 선한 자의 피난처이며, 믿는 자의 희망을 말한다. 둘째는 루카복음에 기록된 베드로의 고깃배다. 이 경당이 신앙으로 가득 차고, 더 나아가서 사람을 낚는 어부의 산실이 될 것을 상징한다.

셋째는 마르코복음에 나오는 풍랑 속의 작은 거룻배다. 예수님과 함께라면 아무런 두려움이 없다는 굳센 믿음과 세상 속의 모든 불안을 물리치는 평화로운 성소이기를 바란다. 넷째로 김대건 신부님이 서품을 받기 위해 상해에 올 때와 서품을 받은 후 귀국할 때 이용하였던 배 라파엘호를 상징한다.

그러고 보니 경당의 크기가 약 30평 정도로 제주도 용수성지에서 본 라파엘호 모형의 크기와 비슷하다는 생각이 들었다. 그 작은 배로 열 명이 넘는 장정들이 넓디넓은 바다를 어떻게 건너왔을까? 상상이 되지 않았다.

미사를 드리는 짧은 시간 김대건 신부의 일생이 가슴을 스쳐갔다. 증조부는 해미에서, 아버지는 서소문 밖에서 순교한 독실한 신자 가정에서 자라, 15살 어린 나이에 모방(Maubant, P.) 신부에 의해 신학생으로 발탁되어, 최방제(崔方濟)·최양업(崔良業)과 함께 마카오에 있는 파리 외방전교회 동양경리부로 갔다. 마카오에서 중등 과정의 교육을 마친 뒤 다시 철학과 신학 과정을 이수하고, 라틴어와 성직자로서의 기본 소양을 공부했다.

우여곡절 끝에 사제가 된 후 귀국하여 사목 활동을 하던 중 체포되었다. 총명하고 지식이 많으며 외국어에 능통한 그를 향한 온갖 회유가 있었으나 배교하지 않고, 1846년 9월 16일 새남터에서 순교하였다. 25세 꽃다운 나이였다.

김대건 신부가 성직자로서 활동한 기간은 1년여의 짧은 세월에 지나지 않는다. 그러나 이 기간에 한국인 성직자의 자질과 사목 능력을 입증하여 조선교구의 부 교구장이 되었으며, 깊은 신앙심과 신념으로 성직자의 참모습을 보여 주었다. 이에 교황 비오 11세에 의해 복자로 선포되었다가, 1984년 성인품에 오르셨다.

성지순례를 가면 느끼는 일이지만, 상하 귀천이 분명했던 조선 시대에 신분을 뛰어넘는 사랑과 믿음을 실천하며 교회를 세운, 세상에서 유래를 찾을 수 없는 자발적 신앙의 형태에 깜짝 놀랄 때가 많다. 관청의 눈을 피해 깊은 산골에 교우촌을 형성하여 신앙을 입증하며 외국 신부를 모셔 오고, 사제를 길러 한국천주교회의 기틀을 마련한 초기 신자들의 모습이 경이롭다.

모든 일의 처음은 어렵다. 그러나 귀하고 신비롭다. 어머니가 아이를 품고 열 달을 견뎌 고통 속에서 태어난 아기도 그렇고, 수많은 실패를 넘어 완성된 발명품들도 그렇다. 그 작은 배를 타고 바다를 건너 이 나라에 믿음을 완성한 그 순간순간도 신비롭다.

내 신앙생활의 처음은 언제였을까. 성탄절에 친구들과 동네 교회를 드나들던 초등학교 때였을까. 아니면 하느님도 잘 모르면서 신부님을 찾아가 수녀가 되고 싶다 했던 그 순간이었을까? 그도 저도 아니면 나이 40이 되어 스스로 천주교회의 문을 두드려 교리를 배우고 영세했던 그때였을까?

어쩌면 나는 아직 제대로 시작도 못 하고 있는지 모른다. 배를 타고 하늘을 향해 서 있지만, 노를 젓는 법도 모른다. 해는 이미 기울어 노을마저 스러지는 이 시간, 나의 라파엘호는 지금 어디쯤 가고 있을까?

"헬레나야, 헬레나야. 용기를 내어라."

하느님의 따뜻한 음성이 귓전에 맴도는데…. (2018)